拉着你的手
从黑夜一直走到春天

皮皮 著

人民文学出版社

图书在版编目（CIP）数据

拉着你的手从黑夜一直走到春天 / 皮皮著. -- 北京：人民文学出版社，2025. -- ISBN 978-7-02-018947-2

Ⅰ. I267

中国国家版本馆CIP数据核字第2024R5F772号

责任编辑　付如初
装帧设计　刘　远
责任印制　张　娜

出版发行　人民文学出版社
社　　址　北京市朝内大街166号
邮政编码　100705

印　　刷　三河市中晟雅豪印务有限公司
经　　销　全国新华书店等

字　　数　108千字
开　　本　880毫米×1230毫米　1/32
印　　张　7　插页2
版　　次　2025年1月北京第1版
印　　次　2025年1月第1次印刷

书　　号　978-7-02-018947-2
定　　价　46.00元

如有印装质量问题，请与本社图书销售中心调换。电话：010－65233595

拉着你的手从黑夜一直走到春天

皮皮

- 六零后的东北人。
- 先后在拉萨、北京、沈阳做过编辑和教师。
- 二十世纪八十年代开始创作,写写停停,看看想想,写作变成寻找自己的一种可能性,作品变成轨迹。
- 陆续发表过小说、散文集等。比如《全世界都8岁》《危险的日常生活》《所谓先生》《比如女人》《不想长大》等。

比死亡更坚硬的是对活着的误解。

他的一生，像一个有好多门的大房子，却把他的主人挡在了外边。

人间值得与否,答案就是一生。

你的一个驱赶动作,将我带到了你的跟前。

飞起来，离开，是另一种姿态。后果不重要了。

血缘是纽带,但无法连接全部亲人。

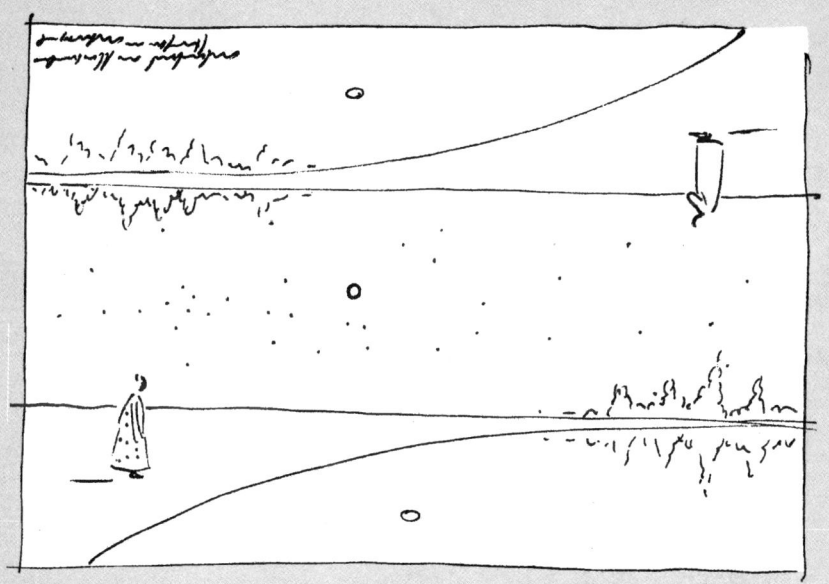

我仍站在时间中,你走出了时间。

母亲活成了花朵,有父亲活成花土的功劳。

我与母亲之间的信任像不起眼的贝壳,躺在岸上。

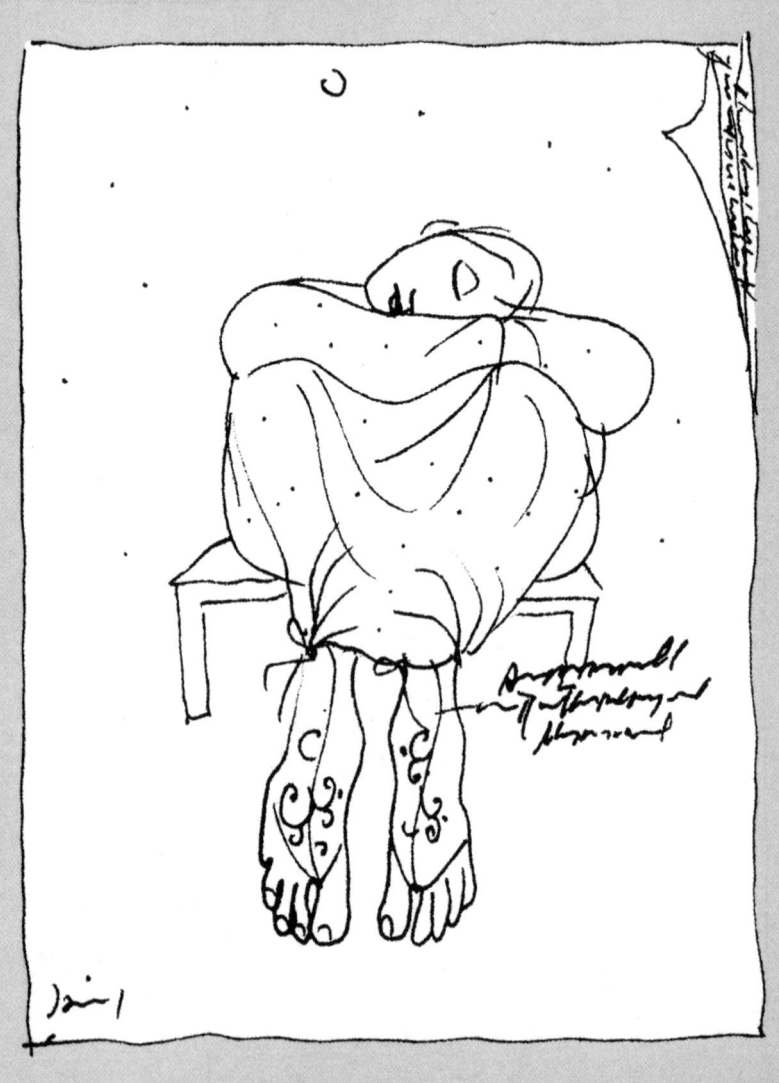

我感觉自己缩回到母亲最初的拥抱中……

那些等待我们说出的话,最终留在了各自的心底。

我的孤独，从孩提起一点一点垒成了一个封闭的碉堡，我独自在里面玩耍。

目　录

序 ___ 001

妈妈　呀　妈妈 ___ 001

活得起死得起——舅舅 ___ 067

好像刚刚有了一个爸爸 ___ 115

故友，已经无处不在 ___ 177

跋 ___ 195

附录 ___ 201

序

舅舅死了。

感觉一个亲近的人丢了,少了什么,又说不清楚少的到底是什么。

爸爸死了。

感觉头顶的天空好像与以往不同,又说不清楚,与过去的天空到底有何不同。

最后,妈妈死了。

……

开始是奇怪的宁静,好像再也没有亲人可死了。之后是更奇怪的宁静,感觉故去的亲人并没有走远,都跟在我身后,在我身后的不远处游荡着。

不用再跑医院,不用再去买医院没有的药,不用再跟护工唠嗑,经过父母多次住过的医院时,恍如隔世。看着医院的建筑,感觉自己正在梦中经过曾经十分熟悉的某处。

时间一点一点地流逝，夕阳西下之时，居然被我看见了。我看见时间正从我面前经过，好像我也看见了河里流过去的那滴河水……我疯了吗……管它呢，那以后，我开始看见熟悉与不熟悉的一切，看见它们另外的模样。

……父母不在了，他们去了彼岸，去了天堂，或者仅仅去了我的身后，泪水盈满了双眼，无论他们去了哪里，他们不在，今生今世将永远不在我的前面了。

这时，我才看清，他们曾经为我挡住的是——死亡。

现在，我自己站到了前线，直面死亡。

忽然明白，之前对活着的诸多崭新感觉，仅仅是因为这位置的变化——从死的后方，步入了面对死的第一线。

原来，死，无论它发生与否，仅仅被真正地意识到，就可以改变我们的活着。

空中一定漂浮着许多话语，没有被说出来的话语。

为什么没有说出来……

想说说不出来，不知道该怎么说，说不清楚……这些沉默中充满的话语，需要等待。

现在，我想通过书写，可否说出它们中的一些？我不知道也没把握，忽然，我感到信心，信心让我笃定：过去的书写，因为有把握而欠缺；如今，没了把握，会不会有意料之外的惊喜？

用书写再次走近亲人，希望一切都会自现，飘回它们的希望之地，只留下棺木再次沉重关闭的回音。

活着，是一个生理过程，更是一个理解的过程。

父母去世后的十多年里，通过他们的死，我穿越回了我们曾经共同的生活，发现了那么多误解，有了那么多懊悔和歉意……但最后与眼泪同时涌上的是——深情！

亲人，因缘而聚，缘尽而散；共同生活中发生的一切，在我书写之时，已经变成无尽的欣慰。没有好坏对错，只有在共同时空下，相同屋檐下，同一饭桌前的相守。

——亲人，是一种温暖。

决定动笔前，另一个忽然而至的片刻，让微笑从心里升到嘴边。之后感觉真的可以动笔了。

那是一个春日的午后，我走在安静的公园里，下午的阳光照在我的背上，因为我正向东方走去。阳光像温暖的大手抚摸着我的后背，我仿佛听见一个声音在说，不用害怕，也不用担心……听着听着,我好像闻到了泥土泛湿的气息,更贪婪地呼吸春天的味道,闭上眼睛,感觉神经怡然松开,从上而下,钻入了脚下的泥土。

我感觉自己缩回到母亲最初的拥抱中……感觉父母不用再为我牵挂,感觉自己刚刚有了新的养父母——太阳和大地。

而刚刚发生的就是那过继的仪式。

妈妈呀妈妈

……

妈妈，只有那顶草帽

是我珍爱的无价之宝

就像你给我的生命

它却飘落了

无人知晓……

——《草帽歌》①

---

① 日本电影《人证》插曲。

1

母亲年轻时少言寡语。

小时候与她有关的记忆,都像默片一样。

她拉着我的手穿过城市,去努尔哈赤的陵园,在石马脚下拍照;她和我坐在中山公园的荷花前拍照……她喜欢拍照,不喜欢说话。

她拉着我去买东西时,也不跟我说话,因为她知道自己要买什么,而我喜欢的,她也都会买。每个人的需求都得到满足,沉默中便只有安宁。路上,我们碰见熟人,被问起去哪儿时,她总是微笑一下,轻声回答:

——去前面。

只有几岁人生阅历的我,像局外人一样,默默看着他们。母亲那种礼貌的微笑也不用摆到我的脸上,我自在自得地看着大人们,看着他们那样微笑。

在我的记忆中,我也从未生过疑问,为什么母亲不告诉别人,我们要去哪里。那些人苦涩尴尬的笑容,在我幼稚的目光中,也是正常的表情。长大后,无谓的人生忙碌让我忘了这回事;再想起母亲这个回答时,她已经离开人世,我已经年过半百……

这时,我才哈哈大笑,甚至狂笑不止。

有些幽默需要半个世纪的酝酿。

2

母亲的话语像被堵住的涓流,从她更年期时开始汩汩流淌,从早到晚。父亲说,你妈现在一天说的话够过去说一年的。她述说她看到的听到的,她的感慨;我听着听着,偶尔嗯啊应答,一如习惯她的沉默,我也习惯她的絮语。她的唠叨是静的,进到我心里,不烦。她有病后,随着身体的衰弱,活动半径减小,她没有那么多可说的,开始重复说过的话。

她最经常问的是,你怎么样?

每次我都回答,挺好。

接着,她会说,活着没意思。

我说,那也活着呗。

她说,那是。

3

有些冬天被记住了,因为发生了比冬天更寒冷的事情。

2010年的冬天,母亲被确诊胃癌晚期,医生说,她最多还能活半年。医生还说,因为肿瘤的位置,她可能很快就不能进食。

告诉父亲后,他泪如雨下。我从阳台望下去,街上到处是融化后再次冻结的脏雪,脏得尖厉。

在我的记忆中,关于父母,多是他们的争吵。

父亲得知,母亲最多还有半年可活,再次痛哭。他答应我们绝不向母亲透露任何消息,一定好好照顾她。

母亲生病前,他们住在两套相邻的房子里。两个床,两个厕所,两个电视,两个淋浴……只有吃饭在一块儿。我要把两套房子打通,他们都不同意。疾病侵袭前,他们过了几年和睦的日子,渐渐有了相濡以沫共度晚年的模样。

为什么不能多给他们一点时间,疑问悄然从心里冒出来,我想起前夫在他母亲墓碑上刻下的一句话:在上帝那里一切皆为可能。既然这样,我疑与不疑,问与不问,其实都没用。

4

那年,也有一个漫长寒冷的春天,直到六月才感到真正稳定的暖意。我告诉母亲,她得的病是较为严重的胃炎。母亲看看我,什么都没说,她的表情又好像在说,得什么病都一样。

但是,父亲对母亲疾病的耐心在夏天的潮湿中,慢慢变了。

一开始,父亲对母亲的照顾的确是"忘我"的,带着健康人对垂死之人的巨大同情,凡事的宗旨都是为了让病人高兴。

保姆也向我夸赞,她说,你家老爷子真行,啥事都问你妈行不,真有耐心。

疾病仿佛把他们带进了新的境界。

唯一对此没做出特别反应的是病人。她很平静,对父亲格外殷勤的照顾近乎无动于衷,仿佛这是她照顾他一辈子的某种回报。如今母亲离开人世已经十多个年头,她的笃定在我眼前越加淡然。她没有因此怀疑自己得的病不是胃炎,直到她临终,她从未问过我,她得的到底是什么病。

她不感兴趣,或者她从一开始就知道了……

5

母亲一辈子受过很多苦。

晚年,她偶尔谈起某些苦难时,口气是轻蔑和嘲讽的,仿佛苦难不是悲惨的,是可笑的。用坚强形容她的性格似乎并不准确,她向来宁静和蔼,但却是坚硬的。她绝不更改,无论对还是错。我另一个前夫跟她说,饺子不能蒸二十分钟,蒸过头不好吃。她微笑点头首肯,下次蒸饺子的时间仍然不会少于二十分钟。

一个苦难都不能怎样的女人,似乎也不是我父亲能应对的。他们一辈子吵架的起因,多为琐事。父亲嗓门大,脾气大,家里说了算的却一直是母亲。这应该是父亲心里的一片阴影。

他的另一片阴影与他的虚荣心有关。

父亲一直是家里的经济支柱,但他后来调离事业单位,进入企业,导致他的退休金远远低于母亲,这或许变成他的隐痛。他一辈子攒钱,梦想发财,最终没有发财;母亲一辈子花钱大方,从不攒钱,不想发财,最终也没受穷。这曾是他们互相调侃的话题,一如无伤大雅的玩笑,岁月却慢慢把它变成了抵喉的尖刀。

婚姻中的心理平衡,是爱情无法担保的,一旦失衡可以轻易埋葬爱情;永恒的不是爱情,是每个人的痼疾,写在命运的锦缎上。而命运的形状也不像一首十四行诗那么随意。

一切都是安排好的,包括无法改变的一切。

父亲对待病重母亲的态度里,渐渐露出他的痼疾。

但我们没有想到,甚至也没有去想,父亲身上发生了什么。

6

日子一天天过去,父亲对母亲的照顾中,一点点渗进了另外的"企图",也许他自己还没意识到:他希望有病的妻子完全听他的。

他先让保姆把中午饭的三个菜减到两个,最后减到一个。

保姆或者我陪母亲逛超市,买回来的东西他都要过目。

有一次,我给母亲买了一双老北京的呢子面棉鞋,在家里穿。他大吼起来,让我数数母亲的鞋,那么多鞋还买鞋!

母亲淡淡地说,愿意买!

父亲摔门,回自己的屋子了。

类似的事情越来越多,不久就爆发了一次争吵,在我和父亲之间。

母亲无论年轻还是年老,一直都很漂亮,却只用过一种雪花膏——友谊牌①。她和我现在年纪差不多时,增加了粉饼。粉饼的牌子我忘了。有病以后,她很少用粉饼。有一次,保姆用轮椅推她散步,在一个小店里她发现了喜欢用的那种粉饼,一

---

① "文化大革命"时期一种护肤品品牌。

下子买了两盒。

回到家里，面对父亲的盘问，母亲说，这是她喜欢用的那个牌子，很久都买不到，以为不生产了，好不容易碰到，多买点儿备着。

父亲把我叫到隔壁房间，立刻大喊起来：

这日子不能过了！

买粉饼我理解，买一个还不行吗？还要带到棺材里去吗？！买东西，行，买能用得上的，整天买我也不反对。关键是买的都是没用的，放在那里放着，给鬼用吗！

我试图向他解释，花钱买东西，有时候买的是一种心情。

什么？！

父亲一直很心疼钱。

我小时候，母亲花钱买绣花台布，买塑料花，为此父亲没少与母亲吵架。在他看来，这些都是没用的东西。没有台布、塑料花根本不耽误活着，而且这些没用的东西又那么贵。现在，从我嘴里居然听到买心情这样的话，他的天塌了。

这日子我过不了……他大喊……我们吵了起来……

最后我被气哭了，也倒出了自己的苦水：你们一切的一切都要我来管！你不能这样对我，要是我倒下了，谁来管你们哪？！

他立刻哑了。

7

那天晚上，我哭着离开父母家，一个人走到中山广场。

白天喧嚣的城市，夜晚安静之后格外寂寥。广场上，我和毛主席塑像对望着，彼此能交换的只有无奈。清冷的夜晚，街上的行人急匆匆地往家赶，我却害怕回家。虚弱时，打开自己的家门，害怕被迎面而来的孤独袭倒。

这是巨大的变化，父母都健康时，我虽然与他们的交流不多，但他们还是我独自世界中的一个象征。这象征是一个告示，告诉我，我并不是独自一人。他们病了之后，联系松开，仿佛告示牌倒了。

而这空白又不是孩子能够马上填补的。

人不如想象的那么坚强，又似乎可以承受人间的千辛万苦。

但死亡一挥手,就掸掉了人的种种。

我从未怀疑过死亡的说服力,经历了亲人离世,渐渐悟到,比死亡更坚硬的是对活着的误解。

父母共同生活了几十年,父亲从未理解母亲为什么喜欢那些在他看来没用的东西,并且为此花钱。他不情愿但生硬地接受了这个事实,就像接受自己喜欢的姑娘脸上有块胎记。母亲也从未想过,父亲为什么喜欢攒钱,她亦如父亲那样,把这个事实命名为小气,接受但尽可能视而不见。

人生玄妙,父亲高兴我上了大学,变成作家。在他活着的时候,我没有问过他,我能这样成长,会不会跟母亲的某些特点有联系,会不会跟母亲喜欢没用的东西有关呢,即便问了,父亲恐怕也不能真正地理解。

8

有一天,母亲给我打电话。

她说:我要离家出走。

那时,因为病情发展,她下楼需要两个人搀扶。

你要去哪里?

她想想,没想出更好的去处,对我说,搬到你家也行。

我说好,下午过去接你。

她说好,这就让保姆收拾东西。

她说完,电话里传出摔门的声音,我估计是父亲生气了。

下午,我回到家,父亲还在他自己的房子里。母亲开始陈述。

你爸把中午的三个菜减到两个,又把两个减到一个,我什么都没说。最近,他开始让我们吃剩菜,我再不说话就闷死了……

我让保姆继续做三个菜,你爸不让,保姆都给弄哭了。

还有,你爸不让保姆用热水,说冬天才用热水,现在这么冷,跟冬天有什么区别!

还有,你爸不让吃新大米。他说先吃陈大米,单位发的陈大米还有六十多斤,吃到死也吃不完。我就想吃点儿新大米,怎么就这么难呢!

我有劳保,还没花他的钱呢。他看我有病,就想把天翻了,我惹不起他，还躲得起吧。

我走，他一个菜不吃才好呢！

这日子没法儿过了。

母亲说完开始流泪。

我让保姆收拾东西，母亲立刻不哭了。她打开电视，眼睛一眨不眨地看着电视，估计在想心事。

9

母亲有病前，我曾经为他们在我住的小区买了一套一楼的三居。父亲喜欢新鲜事儿，非常积极搬家。但因为母亲坚决拒绝，他的态度也变得模棱两可。房子空在那里一年多，我希望母亲改变主意。

最后一次与她关于这个房子的谈话，让我改变了主意。

母亲举出三个过去邻居的例子。

过去邻居老张头儿，七十多岁搬家，在新家阳台上浇花，一低头从阳台上栽下去，摔死了。

过去邻居老李太太,搬新家后聋了,而且不认识自己儿子了。你给她看儿子过去穿军衣的照片,她说,这是我三儿子,但三儿子站到眼前,她问,你是谁,是不是我三儿子的同学?有一天,老李太太出门溜达,到现在还没回来呢。

她讲这些时,我已经笑岔气了,但她继续认真地讲,为了更彻底地说服我。

过去的邻居老付,你还记得不?原来是汽车大队长,中心医院的。搬家后,他倒是没死。有一天,他老伴早上没起床,老付就去公园锻炼了,回来看老伴还没起床,一生气,就出去会朋友了。晚上喝醉了回家,看他老伴还躺在床上,更生气了,借着酒劲骂她,你就睡死吧,我这辈子算是倒了大霉,娶你这么懒的娘们。睡吧,睡死你。老付回到自己屋里睡觉了,第二天早上从公园回来……

妈,求你了,别讲了,再笑,我肚子就要爆炸了……

这都是真事儿,不是我瞎编的。

我立即把房子卖了。

如果母亲现在还活着,在脱口秀方面估计会有不小的前途。

10

哥哥被父亲叫来，一进门我看见他的右眼又红又肿，问他怎么了，他说，还没去看医生，估计是针眼。

哥哥是父亲前一次婚姻的孩子，从小跟奶奶长大。我们小时候几乎不认识，成年后开始有些往来。哥哥从不跟父亲发脾气，虽然对父亲做的事情也不是件件满意。

从粉饼到保姆到陈大米，父亲一一道来。哥哥不让我说话，接着，一一回答了父亲的反诘句。他们的对话给我留下了很深的印象。

父亲说：

你妈都八十多了，就是天天抹粉儿，到死也用不了两个粉饼啊！买一个还不行？！剩下的还能带到棺材里去？！

哥哥说：

带那玩意儿干啥！行了，你说的对，这次买两个就买两个了，下次一个也不买了。行不？

说什么我不让保姆做菜。要是能吃三个菜，我为啥不让保姆做？！关键是吃不了，做两个菜也吃不了，现在连一个菜也吃不了！是我抠门儿，舍不得钱吗？！

那肯定不是。你舍不得给自己花，给我妈，你肯定舍得。

哥哥说完这句话，父亲有些不好意思，没接话。

父亲舍不得花钱，是一视同仁的。

……

以后让保姆少做，还是做三个菜，不行，你再喝点儿酒，三个菜你们三个人，少做，怎么也吃完了。

我把几样下酒菜用盘子端上来，摆到茶几上，替他们打开啤酒。

你看，咱俩喝酒还有四个菜呢。哥哥说完举杯，父亲看我一眼，我说我不喝。他们干了杯中酒。

剩下最后一件事——陈大米。父亲说，谁家不是先吃陈米，后吃新鲜大米？！

老太太不是有病，想吃点儿新米嘛。我知道你仔细，怕浪费，我把陈米拿我家吃去，你们吃新米，你看行不？

父亲终于释怀。我希望，他问问哥哥的眼睛。但他开始了另一个话题。

你带你妈再去检查检查。他对我说。

检查什么？

我怀疑她不是癌症，不是胃癌。

你什么意思?

咱这院里有两个癌症,一个胃癌一个肺癌,发现得都比你妈早,都死了。

你觉得我妈还活着,是个问题吗?

不是,你没听懂我的话,我的意思是,你妈不是癌症。

那不更好吗!就更不用检查了。

你怎么听不懂我的话?父亲又开始着急。哥哥立刻把话头接过去。他冲着我替父亲解释。

咱爸的意思,再查查,再确确诊。大夫说咱妈最多能活半年,现在都一年多了。你明白爸的意思了吗?

我点点头,第一次觉得荒诞有时还挺亲切。

接着,父亲描绘了他的无法安眠的夜晚,如何被肚子里的气憋醒,不能排气,不能打嗝也不能排便……他夜里起来打开塞露,他用一只手比画那些粪球的大小,用另一只手形容它们表面的凹凸。他说不出它们的颜色,你说是羊粪吧,还没那么绿;你说牛粪吧……我想起一个朋友的父亲还有另一个外国朋友的婆婆,他们要么在日记里详细描写粪便,要么一见到客人就谈论自己的粪便。那个外国老太太年轻时曾是著名的律师。

晚年跟粪便的关系如此紧密，是我至今无法想象的。

那天晚上，父亲最后还是想起来问儿子，他的眼睛怎么了。

11

回忆中拂面而来的还有哥哥的亲切。

在我听他们那样说话时，感觉很好，但并没深想，哥哥为什么能这样跟父亲谈话，而我不能？我们都是他的亲生骨肉，而且与父亲共同生活几十年的人不是哥哥，是我。当我这样问自己时，也想不出所以然，甚至也想不出，哥哥与父亲这样谈话时，心里咋想的。但我很清楚，这样的谈话老人很受用！

谈什么不重要，怎么谈重要。只要能让谈话顺利进行，让老人畅快地倾诉，他的倾诉得到了倾听，就已经到了最高境界：时间流过去了，被打发了，老人的孤独得到了缓解。

——而我和父亲无法进行这样的谈话，因为我把对错放到了第一位。

同样是因为对错，我对父亲的不满，在父亲离世后，变成我深深的懊悔，变成随时可能涌泪的苦涩。

你对我姥爷不公平。我儿子对我说。这些都是后话了。

第二天，我上班的路上，母亲给我打电话，她决定不搬到我家了。

你爸道歉了。她说完放了电话，不想听我说任何话。

12

如今，父母去世十余年。回忆中，对他们晚年表现出的不可理喻甚至荒谬，我渐渐有了新的认识，也从中看到了我身上毫不逊色的荒谬。

当我不能理解他们生活中的林林总总时，我从未尝试过接受，接受他们的所有。我的尝试是说服父母听我的，觉得自己还年轻，脑子还没糊涂；觉得自己受过教育，比他们高明。但他们并不买账。之后，我把自己的忍受想成了一种宽容。

假如我真的没糊涂，真的懂什么是宽容，应该朝他们走过去，说服自己听他们的。假如我走了过去，会发现理性与否，对错与否，对他们最后的时日并不重要；重要的是，我只有走近他们，才能送他们安心地走。

……说这些，对我，对故去的父母，怎样都太晚了……

他们独自面对了临死的孤寂和恐惧，我没有陪伴他们。

我陪伴的是他们死亡涉及的事情。医院，医生，护士，护工，吊瓶，输血，饭菜，保姆……这些事情淹没了我们。

他们与我的死别，发生在他们的躯体死亡之前。

13

"光阴使一切变得卑贱、破败、满是缺陷。霍华德，人生的悲剧不在于美丽事物的夭亡，而在于变老、变得下贱。这种事不会发生在我身上。再见，霍华德。"

这是钱德勒小说中，某个人物的遗书。

那个霍华德说得对，防止光阴四处留下缺陷、破败，要多难有多难！

罗兰·巴特说过一句话，大意是，摆脱危机最好的办法是写作。

父母都生病时，为了防止自己也病倒，我每天抽两个小时写小说，缓解身心的沉重。小说被我写得十分沉重，虽然缓解了现实的沉重，但杂志社并不买账。我只好把里面的小故事讲给母亲听。

我给她讲的第一个故事，是从朋友那里听来后写的。母亲的反应像是给小说加了另一个尾声，令我很安慰。

有一个病重的母亲，在一个阳光灿烂的早晨，从昏迷中苏醒，她拉着女儿的手说：你一定要帮我找到……我当年的初恋……他姓沈，是话剧团的编剧，个子很高，很瘦，但很有力气……

女儿答应了，决定去剧团租个老头儿，扮演母亲的初恋情人。还没等女儿去办这件事，病中的母亲又昏迷了。

母亲再次苏醒过来时，窗外电闪雷鸣，她又握住女儿的手：

下次你来,一定要给我带奶油泡芙。阴天,我的关节好疼,不吃奶油泡芙,会疼死我。

雨点儿敲着窗玻璃,发出空旷的声音。

下这么大的雨,奶油泡芙和初恋情人,我只能带来一样。你选吧。

病重的母亲想了想,一声雷鸣过后,她做出了决定:

奶油泡芙!

听完故事,妈妈一声不响地看着我,仿佛在等待另一个雷鸣。过一会儿问我:奶油泡芙是什么东西?

是一种点心。我说,发面烤制的,中间夹着奶油,一咬,奶油有时候会流到手上……

真难吃。妈妈说。

14

第二个故事。

在红旗路公园附近,有一个男人又瘦又小,穿着环卫工人的黄马甲，在扫大街。他戴着一顶遮阳的大草帽，像一把扫帚、一个垃圾篓、一条大街一样，变成清扫的一部分。他的背弯了，像一个移动的包裹，人们看不见他。

一个高大漂亮的女人，一边走一边吃鸡蛋，一边吃鸡蛋一边把熟鸡蛋皮扔在大街上，高跟鞋像小锤儿一样敲着地面。

他提醒这个女人不要乱扔垃圾。

熟鸡蛋皮儿不是垃圾。女人说。

你要是不扔，它就不是垃圾，还能补钙。他说。

哎哟，让你扫大街，白瞎人才了。我家孩子他大爷就是人事厅的，用不用给你换个岗位？

他不再搭腔，弯腰去扫蛋皮儿。蛋皮儿陷进石砖的缝里，很难扫起来。

一个臭扫大街的，你应该感谢我，我要是不扔垃圾，你上哪儿领工资去？

他抬起头，想说什么，最后什么也没说。背弯了的人，很难理直气壮呢。

那个女人骂他，骂他的祖宗，骂他的子孙……说不定现在还在那里骂着呢……

听完故事,妈妈说,你年纪也不小了,应该买把枪。钱够不?不够,我有。

我笑个不停。在这个疯狂的世界上,有把枪的念头也是一种发疯。有人说,发疯就像哨兵死在哨位上,负的也是一种责任呢。

15

母亲的母亲,我只见过一张照片,烫发高领旗袍的半身照片,在我幼时的记忆中留下了很深的印象,因为她长得非常漂亮,甚至比我的母亲还漂亮。

母亲说,姥姥三十多岁就去世了,母亲那时候仅仅9岁。

夭折,漂亮,妩媚,老天赋予某些女人这样的命运,对年过半百的我仍是一种不敢窥视的神秘。我见过姥爷几次,也见过他后来的老伴儿,无法忘怀的却是照片上的姥姥。我不止一次安慰自己,我记住姥姥是因为她很漂亮……但我成年后,脑海中偶尔浮现这样的画面:幼小的我看着姥姥的照片,姥姥看着我看她的照片,照片上姥姥的微笑和半空中另一个姥姥脸上的微笑重叠在一起……我没有抬头,好像那个小孩儿知道,抬头就看不见另一个同样微笑的姥姥。

对此,我从未和母亲交流过。我很小的时候,夜里睡着前,有时能看见窗花上趴着一个人,好像他站在窗外的窗台上,向屋里窥探。我很肯定是一个男人,同样肯定每次是一个相同的男人。我很害怕,有一次终于跟母亲说起这件事。夜里她躺到我身边说,要是看到了,就告诉她。

那个晚上,那个胖胖的小女孩儿的心情,我现在看得依然真切:她既害怕那个身形出现,又担心他不出现,她希望母亲相信她所说的一切都是真的。她和母亲一起等着,因为母亲不喜欢说话,她们之间的静默像黑夜一样浓郁,很快小女孩儿就睡着了,母亲给她盖被子时,她惊醒……现在,我仍然说不好,是母亲的这个动作惊醒了她,还是那个身形的出现。她看到了,居然没有大喊,而是急切地指给母亲看。母亲转向窗户,认真看了一会儿,然后小声问我,他还在吗?我点头,母亲说,睡觉吧,那里啥都没有……

我无法确定,是那以后,还是很久以后,我不再对母亲说我心里的事。母亲因为自己话少,也从未觉得自己女儿不说话有什么问题。有一天,舅舅出差路过我们家,他替母亲把我从照看我的大爷大娘家接回来。

姐,你这丫头是哑巴。

母亲微微一笑,一句话都没说。时光漂流隐没,宛如海浪过后的沙滩,我与母亲之间的信任像不起眼的贝壳,躺在岸上。

……我用了半个世纪才捡起它……

写下这句话,我已经泪流满面。

16

幽默,执拗,这两个性格特点,在母亲去世后我认真思考过。

认识母亲的人中,认为她有幽默感的人不超过三个。我和我儿子,还有一个人也许是我父亲,他常被母亲的幽默气笑,也许他更愿意认为母亲的幽默是说话气人。

她说,你爸买的江米条①便宜,还能拔牙。

我爸生气地看着母亲,认为这是在揭他短。

母亲看着父亲说,真拔下来了。

---

① 种糯米的油炸食品,清脆。

父亲皱着鼻子,还是没忍住,笑出来了。

她说,你爸买的陈年月饼,能把马葫芦盖①撬开。

我曾把父母间的这些对话编成一部小说,那篇小说被各种杂志转载的次数,到目前为止仍是我写作生涯中的最高纪录,因为好笑。母亲的幽默是一种自然流露,不是为了搞笑,所以只在家人面前展露。除了几个家人,母亲与其他人的交流,无论同事还是邻里,都可以用——去前面——概括。

17

一个执拗的人,很容易做到让人不喜欢自己。一个执拗的人,让别人讨厌自己甚至恨自己,似乎也不难。无论蒸饺子还是买台布,无论花钱穿衣,母亲都保持自己的固执,谁的话都听不进去,包括我的。她花了 1600 买了一件羊绒衫,我看看牌子和质量说,她被人骗了,她说,原价 2600。她的笃信赋予了这件

---

① 东北话,支下水道的盖子。

羊绒衫额外价值，真不止2600。

我小时候很多女孩子喜欢用钩针钩东西，钩帽子钩裙子等等，里面衬上薄布，穿在身上沉甸甸的。我也想试试，母亲说，不行，浪费眼睛。

我要穿塑料凉鞋，可以蹚水。母亲说，就是不让你蹚水，才买皮凉鞋的。再说，塑料也不是什么好东西。

我自己做了母亲之后，并没有用我母亲的方式去教育自己的孩子，因为那时我还没意识到母亲教育我的方式有多么独特。

她从没跟我说过，好好学习，懂礼貌乖巧之类的话。她告诉我，不要买便宜货，便宜没好货。她从来不用我做家务事，有时我主动做了什么，每次她都说，谁让你干的，没必要。

她最多的叮嘱就是，多穿点儿衣服，别着凉。这叮嘱一直延续到她的临终。我步入中年后，开始了解中医，了解自己的寒性体质，了解这体质遗传了母亲……恍然中慨叹生活中的某些精准。

一个执拗的母亲，从未对我施加过什么，无论以教育还是管教的名义。她从未说过，希望我成为什么。她从未暗示过我，我将来应该过什么样的生活。

我儿子说，这个世界上没有任何一个人，曾像我姥那样信任过我。

18

写下这段文字时，我借住在一个朋友的房子里，一片灿烂的晚霞吸引了我的目光。晚霞不那么耀眼，但比朝阳更庄重，更绚烂。它在天的一端柔和地燃烧着，几抹淡淡的灰色依偎在它怀里，让我想到金黄的麦浪，涌着成熟的富足。这个瞬间里，我觉得晚霞那里就是天堂。短短的一两分钟，灰色在蔓延，仿佛也带给晚霞过多的沉重，它们一起坠入远方的遥远中。

看着天际的余晖一点一点被灰色隐没，我想到母亲，一晃她已经离开十一年了。

她的幽默和执拗，一直陪伴她走到生命的尽头。我想，这也是她对付疾病的武器。她活破了医生的预言，从发病到去世，几乎平静地活了两年多，真正无法忍受的疼痛和恶心，仅仅在她临终的前几天才出现。没有手术和放化疗，除了偶尔补充人体白蛋白，几次抽肚子里的腹水，基本没有大的治疗。她第二次住院时，大夫看见还活着的她，相当吃惊。他们咽进肚子里的话，母亲似乎听见了。她笑着看他们的目光绝对是讥讽的。类似的片刻里，我总是怀疑，母亲早就知道自己的病情。

19

母亲患病的最后阶段，好像是一个逐渐走回自己，走回原点的过程。记忆中的很多情景让我感到说不出的安慰。

一个朋友远道而来，她说探望一下老人，这是她第一次见到我母亲。离别前，她递给母亲一个装着现金的信封，她说，您给自己买点儿喜欢的东西。母亲拿着信封看着她说，但我不认识你啊。朋友说，您收下钱，就认识我了。

这时，母亲转向我，她看我的眼神像一个几岁的小孩儿，手里拿着人家赠送的糖果。她用信任认真的目光看着我，好像我是她的妈妈，她需要我的帮助。

我朝她点头。她把装钱的信封放到身后的沙发靠垫下。

我另一个来看望她的朋友是位男性，他请我们吃饭。吃完饭，我推着母亲的轮椅站在街边等出租车。母亲对我说，他不是来看我的，他是来看你的。

我说，你觉得这个人怎么样？

她说，人都一样。

父亲去世后，火化那天，一个亲戚说，要把母亲用红绳绑到沙发上。

母亲说，应该绑他们，他们跑前跑后的，我也走不动。

但他们还是把母亲用红绳绑上了。之后一个人说，老太太还是害怕，最后不还是让绑上了。谁都怕死。

那天晚上，我和母亲呆坐着，想不到任何话题。保姆在打扫父亲生前住的房间，我把亲戚的话告诉母亲，我问她，怕死吗。

母亲对我笑了一下，她眼神中刚刚出现的嘲讽，转瞬即逝，笑容变得有些无奈……但没有消失。忽然，我明白了母亲的笑容，冲出屋子，跑到街上，在昏暗的路灯下捂嘴痛哭。

母亲当然不怕死，她舍不下的是我。

20

我不是母亲生养过的唯一一个孩子，但却是唯一一个在她眼前晃了半个世纪的孩子。

母亲9岁，她的母亲因病去世，姥爷不久再婚。在日本占领的东北的一个小城里，姥爷开着一家商店，因为会日语，偶尔给日本人当翻译。我曾经问过母亲，赶走日本人之后，姥爷给他们当过翻译没被国人打死吗？

母亲噗的一声笑了，她脸上的表情给我一种错觉，我们在说的这个人不是她的父亲。

她说，姥爷有个祖传的秘方，专治坏疽。当时他们生活的小城住着很多矿工，因为冻疮引起的坏疽在矿工中很多，很多人因为得不到医治最后都截肢了。姥爷免费给他们敷药，用治好坏疽得到的感激给自己保安了。

过了一会儿母亲又说，你姥爷不是坏人，没干过什么坏事儿，还经常救济穷人。

母亲说这话仍像是在说一个与己无关的什么人，肯定他但没有为此感到骄傲或安慰。我知道个中原因，也没深问。

记仇或者感恩，母亲对此表现出来的都是淡然。我研读抄写《金刚经》之后，对母亲的淡然甚至漠然才有了另外的感悟。之前，我觉得母亲是冷漠的人。

21

母亲上过三年小学，之后辍学，十几岁开始带后母生养的孩子做家务。导致母亲命运急转直下的原因不是后母，而是姥爷赌博输掉了商店。他们举家搬到另一个小城市，姥爷做些小本生意，度日艰难，但他让舅舅继续念书。

母亲19岁，姥爷将她嫁给一个比她大13岁的技术工人，他姓何，懂印刷，在另外一个小城市。他们生了两个儿子，在我很小的时候，他们偶尔来家里看望母亲，他们敦厚老实，长相都很帅气。二哥梦想当画家，上中学时我还帮他买过颜料。如今他们都相继离世，梦想灰飞烟灭。

母亲说起与他们的分离流泪了。

他们还小的时候，新中国成立了。母亲白天工作晚上上夜校，五十年代初期，母亲向老何提出离婚。他们每个人带一个孩子，母亲带着小儿子住在独身宿舍十分艰难。有一天老何领走了小儿子，他说，你一个人就不容易了，别再带孩子了。

之后，母亲离开那个小城，来到沈阳投奔一个婶婶，开始了新的生活。关于老何，母亲只说过一句话——老何是好人。

——没有但是，没有解释，为什么离婚，为什么再婚，这一切是否值得，这一切对孩子来说意味着什么，母亲从未谈论过。不知为什么，我也从没刨根问底，虽然我知道自己可以问。

母亲去世几年后，我去了她曾经生活过的那个小城市。过去那里以矿业著称，如今变得十分萧条。我在大街小巷毫无目的地游走，偶尔看见蹒跚的老太太，不自觉就联想到母亲：假如她没有离开这里，她的生活会是怎样的？我走到自己的车前，打开车门的瞬间，树上的一群鸽子飞走了，最后还有一只立在树杈上。它看看我，又看看已经飞远的鸽群，似乎在犹豫，最后还是奋力闪动翅膀飞走了。我看着这只鸽子振翅高飞的瞬间，目光追随它升到空中之后的自如和自在，似乎理解了母亲。

飞起来，离开，是另一种姿态。后果不重要了。

22

2011年的冬天,雪很多。经常是清晨白雪皑皑,晚上回家的路上,已经脏雪遍地。心情在白雪和脏雪间摇晃,无论怎样都是冰冷的。

母亲的病情虽然没有出现医生预告的恶性发展,但每隔两三个月仍需住院,抽调腹中的积水,打些缓解胃疼的点滴。较为庆幸的是,母亲一直都能吃喝,而且食欲不错。我们经常带她去饭店,她想吃些很香的东西,至于健康与否都不予考虑了。这时,传来舅舅住院的消息,我赶去长春看望。舅舅是三位亲人中最先离世的。

他昏倒在自己家里,被送到医院后因为胆管堵塞做了一个小手术。我去看他的时候,他在医院病床上微笑,然后责问我,谁让你来的?你应该在家照顾你妈。他知道我妈的病情,但一句也没问,你妈怎么样了。他越是这样,他和我妈之间相依为命的亲情越让我难过。大夫说,这老爷子恢复得很快,再过几天就可以出院了。

我把舅舅有病、住院、手术以及恢复情况都告诉了母亲,她的表现和舅舅很像，她先是笑笑，像是有些嘲讽，仿佛在说，这不意外，他整天抽烟喝酒不睡觉，有病正常。母亲的表情又像在说，他一个人生活，没人照顾，能活到今天就不容易了。我也算是他们的至亲，但我也只能猜测他们的感情交流。他们要么不说什么，要么反着说，却总让我心里产生哽咽。

一周后，我再次出现在舅舅的病床前，他依旧微笑地看着我，但没有责问也没提起母亲。他说，去，给我买根冰棍儿①。

大夫来查房，舅舅笑着看他们。他们跟我说，这老爷子真奇怪，术后恢复正常，前两天有些发烧，烧退了就不吃不喝了。舅舅什么话也不说，就是对他们笑。舅舅的生命全靠点滴的营养液维持。

那天，我给他买了13根冰棍儿。

你跟我说说话？

他说，有啥好说的？！

他的目光总是看着视线所及的远处，仿佛那里正上演一出大戏。有一次，他轻轻对那里招手，他柔和地说，来吧，来接我吧。

---

① 东北话，冰激凌的一种。

我顺着他的目光看过去，心里已经了然，舅舅要走了。他的养女跟我说，要把他接回家。我点点头，返回母亲身边，我留下了那个护工的电话。

三天后的凌晨，接到护工的短信：三点四十五分，你舅离世，面对墙，之前没吃没喝，都平静。

我哭了，却不是为舅舅离世的事实难过，心里发堵甚至呼吸困难，是因为无论怎样，我都回忆不起来，我望向舅舅的最后一眼里，看见了什么。他的眼神儿？他的表情？没有！迎面而来的是无数个舅舅，带着他的一生，纷乱的画面横冲直撞……

母亲的病情在那段时间里，还算稳定，没把舅舅离世的消息告诉她。舅舅葬礼过后，有一天母亲问我，你舅的电话还能打通吗？我说，能打通。我拨通舅舅的电话，让母亲听铃声。

没人接。

我说，晚上我们再试试。

母亲笑了。她说，他说不定早死到哪儿去了……

你怎么这么说……我轻轻垫了一句。

母亲轻声哼了一句，又露出有些嘲讽的微笑。我想，她感觉到了弟弟的离开。也许知晓自己也将告别人世，因此才会那样笑，向她的至亲做一个短暂的告别。

本以为可以这样维持一段时间，每周两三次带父母出去吃饭，让他们高兴，但另一个坏消息还是来了。

父亲因为咳嗽发烧住院，被诊断为肺癌晚期。

23

父亲病了，直接病重甚至病危。我被这噩耗击晕了，人在绝望中，似乎不会感觉更加绝望，反而有令人不解的镇定。我需要独自面对一切，安排一切。母亲病后，我打消了任何交男朋友的想法。我不认为，这个世界上会有这样的一个男人，他只帮助你解决问题，而不给你带来任何问题。我很清楚，面对父母的重病，我再无承载任何其他问题的能力。

父亲在母亲病后的各种反常情绪表现，其实都是肿瘤的症状，这些也是在父亲去世后，甚至父母都去世后的某个时间里，我才恍然。内疚更是在那之后。我盯着重病的母亲，一切都以此为核心时，父亲也病入膏肓，只是还没有医生的诊断而已。

每当我想到这些,会再度陷入对现代医疗的怀疑:它所谓的治疗,完全是针对病,治好了或者治死了,都是治疗,因为它改变了病的状态,让病发展了,向好还是向坏,就看命了。

——但它忽略了病人。忽略了人。

24

父亲在挣扎。

住院后的父亲和母亲完全不同。母亲从发病到后来病情发展,每次住院,她从没问过一次,关于自己的病情,治疗方案等。她等着我告诉她,病情和治疗方案。在我的回忆中,她听我说这些时,一次也没打断过我,一次也没有过疑问。我告诉她得的是严重的胃炎,她笑笑,甚至还有几分轻慢,既像是看透了我的谎言,又像是对这个小病表现出的藐视。

父亲每天询问自己的病情。大夫跟我商量,要不要向患者隐瞒真实的病情,我同意试试,心里清楚,这会很难。

我们告诉父亲是肺炎时,他说,肺炎怎么不发烧,不滴抗生素？！

我说，不是急性的，你的肺部本来就有很多钙化，所以才会咳喘。

半仰在病床上打着点滴的父亲，看着我和他的主治医生，一个刚从医学院毕业没几年的南方小伙儿。父亲的目光十分犀利，仿佛在警告我们，不说实话，后果严重。我让医生离开，坐在父亲的病床前，低声问他，必须知道吗？

这一刻里，父亲的眼里闪过涣散的动摇，随后泪水盈满了他的眼睛。我的泪水也无声地流淌。

告诉我吧。

父亲说这句话时的柔弱，将我掀动起来，冲到病房的走廊，用围巾捂住嘴巴痛哭。也许，这是我们相处几十年里，我第一次感到父亲的柔情和羸弱。

我再回到病房，父亲变回正常的状态。他果断地对我说，他要求手术。我说，大大说，不能手术了。父亲扭头看着病房并不洁白的墙壁，他说，那化疗。

25

晚上，我踏着泥泞的脏雪回家时，已经心如冰封。

我无法对父亲开口，提出出院回家，放弃治疗的建议，因为我知道，父亲不会答应。父亲心里求生的愿望压过了一切妨碍它的事实，他不想死，至少不想在自己还没准备死的时候赴死。

绝望迅速建立的宁静，使人可以与一切悲惨苦难相安。这连认命都算不上，仿佛那命，根本不值得一认。

我把父亲的病情告诉母亲，母亲哭了。

她说，你爸这辈子没过过什么好日子。

我不知道该如何理解母亲的这句话，她好像已经知道，父亲的这辈子即将结束。

他要是能回家，是不是更好？

母亲看着我。

把护工带回来，我们好好照顾他，至少会舒服一点儿。在医院天天打那么多药，不仅没效果，还遭罪。

母亲继续流泪。之后，母亲安静下来，我疲乏至极，躺在沙发上睡着了。当我好像从遥远的地方醒回来时，看见母亲又在流泪。

你怎么了？

她说，你也是 50 岁的人了。

我对母亲笑笑。母亲再次泪如泉涌，我脑海基本空白，感情完全无法启动，我离开房间，让母亲安静下来。

母亲去世后的某一天，我忽然想起那个午后母亲的伤心，心里了然，那是母亲对我的悲悯。那时的母亲已经放弃了生，她站在死亡的门口，最后还能瞥见人间的画面是，父母双亡的独生女儿，也是年近半百的老人了。

妈妈，呀，妈妈，我还好。

26

化疗后，父亲的病不仅没有转好，身体反而更加虚弱。但治疗仍在继续，每天八袋点滴，各种冰冷的药水，从他的静脉注入，从老的针眼里流出。父亲已经不能躺下，躺下无法顺畅呼吸，夜里，他半倚着床坐着睡觉。镇静剂让他入睡，浑身上下的难受让他醒来，再打镇静剂……白天和黑夜交替折磨父亲……

没有人制止这样的发生，这个世界已经抛弃了他，包括他的亲人，包括我。尊重病人的个人意愿！言外之意，是病人自己希望治疗的。这不仅是大夫的,也是所有相关之人放弃他的借口,安慰自己的借口。

这所谓的尊重脏过街上的脏雪。

有一天,父亲愤怒拔掉滴流,对着大夫喊道:我根本治不好了,你们还给我治,就是在骗我钱。你们丧良心。晚上,他无力地嘱咐我,让我找大夫,恢复滴流。

我带你回家吧。

我看着他,这句话一次又一次涌到嘴边。

父亲看着我,良久无语。他一定是听见了我的心声,缓缓摇头,轻微到几乎无法察觉,仿佛在对我说,别折腾了,别给自己找麻烦了。

父亲化疗之后的各种身体反应,让我对医学产生过仇恨。

27

2012年初,春节前,母亲的病情又恶化,也住进了相同的医院。

母亲住一楼的消化病房，父亲住五楼的肿瘤病房，都处在病危状态下。每天穿梭在两个病房间，在电梯里调整自己的心情，以适应病中父母不同的心态。一天中午，看着阳光下一点点融化的积雪，希望仿佛也在融化。我想带着他们回家，在家里等死。甚至觉得一家人都死了，也没什么大不了的。

临近春节，父亲的病情因为化疗迅速恶化。我问母亲要不要上楼去看看父亲。

我们都知道，这将是诀别，他们这辈子里的最后一面。

母亲流泪了。

她说，不看了。

第二天，我再建议。

……

第三天，她终于同意，我用轮椅推她上楼。

28

那是大雪过后的一个晴朗之日，阳光遍洒病房，那种朗透的明媚甚至带给我已到天堂的幻觉。

母亲的轮椅推进病房时，父亲吸着氧气，靠坐在摇起的床上，依然挂着点滴。

你来干什么？

父亲说完，扭脸哭了。

母亲坐在轮椅上，一只手放在父亲的被角上，另一只手握着手绢擦泪。

你回去吧。

父亲努力平静自己。

我挺好，你回去吧。

父亲再说，语气坚决。

母亲说，我再待一会儿。

他们又都哭了。

你回去吧。父亲再说。语气不那么坚定。

我再待会儿。

……

那一刻里，我忘记了脸上横流的泪水，忘记了自己的存在，完全融化在父母的诀别中。不完全是悲痛，我非常肯定我的泪水也为感动而流，为欣慰而流。

从小到大,没少经历父母的争吵。在我的印象里,在心里,他们不是恩爱夫妻,甚至连和睦夫妻也算不上,但他们一同走过了五十多年的岁月。时间把他们紧紧地熔铸在一起了。

他们是夫妻。他们共同穿越了半个多世纪。他们没有分开,无论爱恨情仇。他们一直是我的父母,无论好与不好。这是生命的联结,今生今世,甚至死亡也无法剪断这赤红的联结。

那一刻里,我感到了自己的归属,感到了人生的值得。

出生的那声啼哭,多少相似,像是生对死打个招呼,说,我来了……临终的告别,像是死对生说再见,千差万别。这最后的人生姿势,宛如简短的人生总结,活的全部都在其中了。

29

2012,春节过后,父亲去世;秋天,母亲去世。

他们的最后一面,是我促成的。

之前,我也问过父亲,他同样不让我把母亲带来看他。他们都去世后,我多次问过自己,为什么要让他们见上最后一面?

30

十一年后的这个春天,来得更迟。因为闰二月,四月中旬的春日仍无暖意。经过公园的人大都竖起风衣的领子,在草地上遛狗的人还穿着冬天的羽绒。

一个老妇人手里拿着一个球,看着脚下的牧羊犬,狗也在看着主人,但没有跃跃欲试的急切。老妇人佯装抛球,狗一动没动。她再试,狗仍然没有反应。她对狗说了些什么,然后抛球,狗有些迟缓地转身,然后才朝球跑过去。狗奔跑的速度不快,仿佛在抱怨,这么短的距离不值得一追似的。

所有的把戏都玩过了,活着再无新意。但是,要继续活着,带着无际的无奈,那无奈的荒芜上星星点缀着些许的不甘,生命之火黯淡再黯淡……

妈妈,爸爸……

我为什么非要你们见上最后一面?

对此,我没有答案,但有某种确定,我赌对了你们的心声。

尽管吵吵闹闹,你们对彼此的感情从未消失过;虽然,你们没有共同的爱好和兴趣,但你们心里早已明了,你们是彼此的家人，不可分开。虽然你们的三观不同，但时间的绑定，让宽容战胜了差异。你们说着这样那样的话，心里都在呼唤对方——今生今世的最后一瞥，是无法移开的目光雕塑，是命运的决定。

31

在死亡变成背景前，所有的不真实都随着我们活着，像活的衍生。沉重的死亡大幕徐徐降下时，虚假的先退场了，留下的光秃的真实，安慰我们，还是惊恐我们，也都是活出来的。

2012年的秋天，母亲在父亲去世七个月之后，离开人世。她去世后一年多的时间里，我没有难过，而是为母亲感到安慰！

母亲比大夫预断的多活了两年。这两年里，胃癌病人可能经历的折磨，比如无法进食，在她身上鲜有发生。母亲喜欢吃好吃的东西，她说，人死了，唯一可以带走的是肚子。她真正不能进食，只是在临终的最后一周里；剧烈的疼痛也在最后三天里……

她的最后一口气，是轻轻消隐的，平滑无痕，仿佛生死紧密无间。她面容上最后的微笑挡住了我的眼泪。

秋去冬来，又是大雪覆盖的严冬，思绪总是萦绕着故去的父母。

人与人有的是一世之缘，还是循环往复的无解之缘？也许，更重要的是像那轻盈飘舞的雪花，变成脏雪之前，争取跳完喜欢的曲调……

我为母亲流泪，痛哭，是在后来，当我真的理解母亲之后……

32

母亲很喜欢看电影。我很小的时候，就开始跟母亲去电影院看电影，父亲偶尔一起来，但主要是母亲和我。她说，你爸只喜欢看打仗的电影。

我和母亲看电影的经历，从六十年代末持续到八十年代初，之后我跟同学一起，再后来跟男朋友看电影。母亲一直独自去电影院。

很小的时候,电影都是红色题材的,国产的《地雷战》《地道战》《南征北战》《兵临城下》①;国外的以苏联电影为主,《列宁在1918》《列宁在十月》《攻克柏林》②等;还有一些其他国家的电影,比如阿尔巴尼亚的《宁死不屈》《第八个是铜像》,还有朝鲜的电影等等。

如今,与母亲关于电影的交流,仍留在我记忆中的寥寥无几。我记得,我们看完一部苏联电影后,具体是哪一部我忘记了,我曾对母亲说,那里面的什么人是坏蛋。母亲听完笑了,没有夸我,也没有确认我的说法对错,她只是笑了。

我们看完《第八个是铜像》,我对母亲说,那个女的很漂亮。母亲回应我说,她的头发盘得好看。后来,我看母亲年轻时的照片,她也那样盘过自己浓密的头发。

七十年代末期开始,有些电影院开始放映所谓的内部片,大都是引进的外国电影,《复活》《叶塞尼亚》《冷酷的心》《基督山伯爵》《巴黎圣母院》《瓦尔特保卫萨拉热窝》《人证》《战争与和平》等等,绝对是一票难求。母亲认识一个电影院画电

---

① 以上均为"文革"期间的电影。
② 以上均为"文革"期间在中国上映的苏联影片。

影海报的人，经常能弄到票。那时经常有意外的激动时刻，母亲临时弄到电影票，我们急匆匆地赶往电影院，有时候甚至没时间吃饭，母亲会买烧饼。那时的内部片通常都是两部电影连放，上小学时，我还和母亲看过通宵电影，四部电影连放。

电影，为我打开了另一扇门。

33

无论看什么电影，无论去电影院还是回家的路上，母亲很少跟我谈论电影，偶尔她会对某个电影做个好或者不好的简单评价。她从不利用电影的情节，对我进行各种可能的教育，好像她坚信，我自己可以独立接受电影的"教育"。

渐渐，电影教会了我憧憬。

后来，电影变成我小憩的港湾，给了我安慰。

再后来，电影变成我的日常生活，几乎和吃饭一样经常。独身的时光里，我每天看一部电影，午饭看半部，晚饭看下半部。很多宁静的晚上，就着电影喝酒，一部再一部……几十年下来，我已经无法剥离自己和电影，就像难以克服的习惯一样。

我很喜欢跟母亲一起看电影，包括我成年后。可惜，她晚年不再去电影院，她说，累。我与她一起看的最后一部电影是她有病坐轮椅后。我推她去电影院，本想看一部美国片，记错了时间，看了《将爱情进行到底》。等电梯时，她对我说：

李亚鹏[①]老了。

34

人们谈起父母对自己的教育，包括很多男人回忆他们被打，都很令我羡慕。我对来自父母的教育没有明晰的记忆。小时候，我很少说话，也不惹祸，他们几乎不太知道我在想什么。上学后，他们吵架，面对我的注视，似乎也很不安。

上学前我由一对没有孩子的老夫妻照看，白天送去，晚上接回家。人爷有时评论一下我父母，他说，你爸妈的生活相当没有条理，缺少章法……

---

① 中国内地著名男演员。

大爷是一个木匠,每天上班下班吃饭喝酒看书,都在匀速的规律中。他平静如水,说话不多且慢,在家里跟老伴儿发火也就是看着对方不说话,效果就达到了。我对大爷点头,表示认同,这是大爷自己的所为从我这里赢得的信任。但我从来没向父母转达过大爷说的话。

在家里,父亲很少在家,我几乎总是跟母亲一起。她对我的"教育",现在回头想,仍是特殊的。

35

> 妈妈,你还记得吗
> 你送给我的那顶草帽
> 很久以前,失落了
> 它飘向浓雾的山峦……
> 哦,妈妈,你可知道
> 那顶草帽,它现在何方……

电影《人证》的插曲,从第一次看电影到现在,它一直是我每次听都怦然心动的歌曲。母亲去世后的几年里，每次——无论什么场合——我听到这首歌，眼睛立刻湿润，之后泪流满面。

一个傍晚，我在柏林一条寂静的小街上，坐在熄火的车里，反复听这首歌。天边是昨天的满月，落在棉絮般的云朵上，月光在灰色云海上更显皎洁，心情忽然混乱起来。正在升起的空虚携带着浓重的旧日光阴，一下子把我推进熟悉的绝望中，但那次我没有哭。

这绝望如深渊中持续的窒息，是我曾经熟悉的感觉。但那一天不同寻常，我没在绝望中挣扎，没反抗，松开了安全带，倒向座椅……《草帽歌》还在继续……我没有流泪。

仿佛松开了什么，仿佛把一切交给了痛苦，任凭它的蹂躏……一阵心悸之后的寂静中，仿佛又活了过来……这时，我想到了母亲。

我现在是一个没有母亲的母亲。

我忽然明白，为什么这首歌总能唱哭我！

因为它唱的是缺憾。母亲的离世也埋葬了她和我之间的缺憾。没有活，缺憾变成无法弥补，所以纠缠结束，所以不再有眼泪！

这意味着，今生今世，我与母亲的交往到此为止了。

36

　　从母亲活着,到她去世的五十多年里,我对母亲做过许多错事,但我从未道过歉。我有道歉的心情甚至渴望,但话说不出口。我跟她说别的事,或者给她买东西等等,代替道歉。

　　记得小时候一次跟她争吵,她气哭了,一边哭一边对我说,你怎么从来就不能服个软儿,道个歉?!我也哭了,仅此而已。

　　我的潜意识也许比我更早了解这缺憾,但它无法支配我的行为,这也许就是原因所在:我一遇到外在的引发,就泪水上涌。《人证》电影中的那个黑孩子,无法拥有母亲的爱,与我无法拉近与母亲的距离,都是一样的缺憾。

　　这缺憾会一直持续到一方离世……

37

　　我不了解母亲。
　　母亲了解我。
　　我对母亲的了解不如她对我的了解。她对我的教育,是通过不教育，通过信任。但我用了半生的时间才明白这教育的昂贵；之前，面对母亲，我的过错数不胜数。

17 岁，我考上一个大学的工业经济系，我决定复读，争取考上自己喜欢的中文系。八十年代初期，这意味着，假如我复读不成功，无法升入任何一个大学，我就得去父母工作的单位就业，在那个医院从当护理员开始。

母亲说，你自己想好。

我想都没想，就决定不去体检，放弃这次机会。

一个 17 岁的女孩儿，把未来攥到了自己的手里。回过头想，这与勇敢无关，我的决定来自我对这决定的意味和它可能带来的压力一无所知，所谓初生牛犊不怕虎。

但是，一旦老虎出现在身后，压力也变成了动力，恐惧随之消失——无论前途如何，我已经在路上。我每天上复读班，复习功课，开始偷偷吸烟，但一次也没想过，母亲这样撒手是不是不负责任。因为，母亲做出这样的决定对我来说，并不陌生，更不是突发奇想。5 岁时，母亲买了一块花布给我做过年的新衣服，但我不喜欢那个花色，用大哭个把小时"说服"了母亲。她领我去商店，买了另外一块我指定的布。那以后，每次过年的新衣都是我自己选。这以后，我和母亲之间的关系，从没发生过任何矛盾。

我希望买一个比较贵的玩具，母亲想想之后答应，说下个月发工资可以买。那是一个可以旋转的白毛女，除此之外，我从未提过别的要求。也许，一个孩子知道，他父母可以在条件允许的情况下，满足他的要求之后，他就不会再提出更多的要求；他提出的要求会像经济学家计算的那般精准，符合父母的消费能力。

你想好。是母亲多次跟我说过的话。当我得知高考成绩时，母亲和我一样淡定，我们都是笑笑，没再说什么，仿佛那一刻里我们验证了我们之间的信任。

38

19岁，一个比我大10岁，即将结婚的男人看上了我，母亲说，你自己想好。

22岁，我要去西藏，投奔这个男人。母亲什么都没说，哭了……

24 岁，我生了十斤重的儿子，母亲刚刚退休，替我带了六年孩子。

28 岁，离婚。母亲说，别着急再找，人到处都有，不急。

33 岁，再婚。母亲说，他虽然年纪比你大几岁，但很幼稚，凡事你是靠不上他的，你想好。

40 岁，离婚，从北京返回沈阳工作。母亲说，别太拼了，钱够花就行了，不要总想挣钱……

返回沈阳之前，每次回家，父亲总是提醒我去看这个朋友那个朋友……每次母亲都说，别听你爸的！好好歇歇……

那时候真是我最累的时候，母亲知道。

39

几十年的人生光景，可以如此轻易地融进几行字里，尘埃般漂浮在今日的空气里。每一次的呼吸中，过去的一切还会钻进来吗?

今年的春天清冷,但黄灿灿的迎春花还是开出来了。我在一个寂寥的德国小城,看到站前广场怒放的迎春花,想起了上学时中文系教室窗下的迎春花。迎春花都是一样的,春天也是一样的,不同的唯有心情。

我想起母亲。

她从没去过我的大学。我每周回家,她给我准备好各种可以带回学校的吃食。她也没去过我工作过的拉萨,当年她送我送到了北京。也是在刚刚,我书写的间隙中体会了母亲送我去西藏时的心情。八十年代的西藏还是极不发达的边远地区,而我是她身边唯一的孩子,同样作为母亲,我体会了母亲当年看着我离开的无助和无奈。

到达这个德国小城的那天,正好是复活节,小城的寂寥完全覆盖了节日,笼罩了全城。只有偶尔经过的汽车提醒我,这里还是一座城市,而不是一座城市的虚无。我沿着各种房屋的门脸,跟着太阳走,走向一个公园,穿过公园便是我想参观的服装博物馆。

我想起母亲。想起拉萨,想起在拉萨河边想起母亲,想起母亲后,才打消的自杀念头。经历过很多苦难的母亲,母亲对苦难的蔑视，变成了永不消逝的背景，也把我的生活变成了舞台上的演出：最难的时候，想到舞台外，想到戏散了，难也散了。

40

> 妈妈只有那顶草帽
> 是我珍爱的无价之宝
> 但我们已经失去
> 没人再能找到
> 就像是你给我的生命

我不知道，不再为《草帽歌》流泪的来日里，心灵还会有怎样的生发；假如缺憾干涸，像结疤的伤口，又会有怎样的生发？

妈妈，我仍然喜欢一个人去寂寥的地方。最近，每个周末我在地图上选一个周边的小城或小镇，上午出发，夕阳时分返回。那些小城小镇在周末格外宁静，出了火车站，迎面便是无人无车的街道，排列整齐枝叶繁茂的树木，颜色各异、整洁的房屋，在灿烂的阳光下，无形有力地将我按入寂寥的底部。偶尔经过的一辆车，偶尔出现在某个阳台上浇花的人，将我的感觉缓缓带回寻常，如鱼再回水中，重新在寂寥中游荡……

……渐渐，我重新阅读了儿时留在记忆中的画面。妈妈，你牵着我的手，默默地走过街道，穿过公园。我仿佛也看见你独自的身影，穿过街道，穿过街道，穿过街道……你身边没有人，但有和你在一起的存在，阳光下的街道和静谧，同样是安慰，甚至给了你更多。我和包围我的寂寥相安，在那明亮的宁静中，我感到你在我身边。

妈妈，我不再为你的逝去难过，我在越来越多的时刻里，我感到了与你的同在。

41

让我难过的是横亘在我们之间的缺憾。

这缺憾中的最底层，仍旧系着我的心结：我从未努力去了解你，妈妈！

小时候，不懂；长大以后，觉得自己比你聪明，当然了解你。

妈妈，你从未对我做过的事情——教导我怎样生活——我却对你做了。

你老了以后，我甚至为此与你争吵……我告诉你，不应该怎样怎样，要怎样怎样！

你无法想象我心中的愧疚。

但你忍受了，直到我为你们买了新房子，希望你们搬家，你才第一次做出了真正的抵抗。你让我明白，搬家也许会要了老人的性命……我不得不放弃……

妈妈，我刚刚明白：我的自由，我自由的生活，不是我理所当然应该有的，不是风带给我的，不是事业的奖励，是你给我的，从小到大，这赠与里有你的品质和付出。

我远在雪山脚下，远在异国他乡的生活，妈妈，你付出了孤独的代价！你永远说，我们都好，不要惦记！你一次也没说过，你希望我能住在你的城市，住你的近处…… 次也没说过。

一个给了我自由的母亲，我却没学会尊重她的自由。

42

母亲去世已经是第 12 个年头了。

时光流逝,对母亲的怀念没有逐渐减弱,相反却与日俱增。怀念想念带来的不再是难过,而是某种欣慰。更频繁地想起母亲,更多的瞬间,母亲忽然就出现在脑海里,不仅是往事的情景,有时忽然感到与母亲共时同域。我想,这已经不是感情亲情,而是迟到的理解带来的安慰。

母亲对我的理解,仿佛就在我降生的那一刻里完成了;但我对母亲的理解,用了她的一生。

妈妈,我再也不会听《草帽歌》,永远不会再听。我不能用流泪表达我的歉意。一切都太晚了,从你的死到我的死,我还能为这歉意做什么呢?!

这感情像一只无处落脚的小鸟,永远飞在无际的浩渺中,不再有归宿。

人生残酷。

43

母亲临终前,我问她,想见什么人吗?

她说,不。

她最后一次醒过来时,问她,有什么话要说吗?

她微微晃头,目光冷静地略过我们,像落叶拂过空气,闭上眼睛,再也没睁开。

遗体告别时,她双唇微开,含着微笑。

一个阴沉的傍晚,我站在一个拥挤的过街桥上,望着桥下的滚滚车流……灰色暮霭中兴奋闪烁的红色尾灯,仿佛在一个巨大的陌生中,呼应彼此,彼此呼应……最终还是各去各的了。

活着,像一种裹挟,身不由己地随着涌流,不得细问,何去何从。这时,想起母亲的临终,在那个肮脏的过街桥上,我哭花了妆容。

她早就比我更知晓这个世界,告别才会那么断然!她的毫无留恋是一种清楚。这清楚不是死前骤然发生的,是活出来的。

如今已在彼岸的母亲,也许仍在看着我,看着我的迷惘,看着我的变化，看着我的努力，当然也看见了我的歉意和理解，因为我感受到了母亲宽容的微笑，像一缕微风拂面。

父母生了我，他们的死也不是分离，悄然连上了我未来的死。

一个真正的死，应该是一个好的结束。一个好的结束，也许还会带来一个好的开始。

活得起死得起——舅舅

我是一个痛苦的灵魂,以一位疯人的身份迷失了,所以,我对着开阔的夏日田野发出一声吼叫。

——希梅内斯①

---

① 西班牙著名作家,代表作品《小银和我》。

1

舅舅死于 2011 年夏天。

他的一生,像一个有好多门的大房子,却把它的主人挡在了外面。舅舅迷茫的灵魂,为了进入自己真正的生活,一次又一次冲撞不同的房门,循环往复……最后的进入,居然是和死亡一同到达。

他死得安详,面带笑容。

他是第一次那么耐心地等待,等待死亡的来临。也许他领悟了,这是他回到自己的唯一途径。有一次,在病床上,他微笑着向前面摆手,低声说,来吧,来吧,来接吧。

我顺着他的目光,只看见另一个病人呆滞的眼神。

他活着时,假如读到过希梅内斯的这段话,会不会也和我一样，认为那个对着夏日田野吼叫的人就是他！

2

舅舅因为胆管堵塞住院手术。手术很成功。术后第三天，发烧。退烧后，他便拒绝进食，只吃冰棍儿冰激凌。交接班查房时，总有一个大夫对另一个大夫说，3床这个老爷子一切正常，就是不吃东西。

为啥不吃东西？

舅舅微笑。

大夫离开后，他对我说：

你看，他们都吓跑了。

他大约吃了一个星期的冰棍儿，之后就什么都不吃了，喝水也很少。去世前三天，他出院回家，在家里静静地躺了三天，凌晨，头歪向墙，离开了这个世界。

3

去世前不久,他在日记中写道:

……谁能告诉你真相? ①

但我知道,我是真的,我是什么人,我知道;我一生走的路,我知道。

我在北大荒活过。我当过国民党兵。我是东北师大的毕业生。我教过大学生。我当过记者。我是社科院的研究人员。我是特异,灵魂气功研究人。

"文革",我被打成苏修间谍。

今天,我78虚岁。

我五套房子都丢了!我成了租房户!

我断子绝孙!

现在国家每月给我4500元养老金!我有饭吃,能租房!能活!眼下,无大病!一个人过!

正在想:戒烟,吃素,自证!

---

① 黑体字均选自舅舅日记,下同。

他记了一百多本日记,大部分被他的继女扔掉,我拿到的几本,它们像舅舅生活过的老屋,里面陈列着他的一生,细看,常常得忍住痛。

这是我写的最艰难的一篇回忆,煎熬了好久,总也找不到下笔处,直到偶然读到雅诺什①的那首童诗——《晚安,晚安》:

  被上洒满玫瑰插满丁香
  钻进被窝睡吧
  睡到明天一早
  假如上帝愿意
  你将再被唤醒

4

我不知道,舅舅是否真的知道了,他一生所走的路,是怎

---

① 德国著名儿童书作家,代表作品《美丽的巴拿马》《小老虎,你的信》等。

样的一条路……

5

舅舅是幽默的，愤怒的，和蔼的，怪异的……

他不那么愤怒时，有点儿像法国喜剧演员塔蒂①在电影里的样子，细长瘦高，喜欢开冷玩笑。

在笑容和愤怒的更迭中，舅舅持久保有的是某种嘲讽，也有自嘲，而且后者居多。

他犯过许多"错误"（更多是世人眼中的错误），其中有些错误舅舅不认为是错误。无论怎样，错误的后果他自己全部承担了。

他从不昭显自己的悲惨，但悲惨在那里，在他自己知道的某处，隐隐作痛。今天我想，他因此只能是嘲讽的，怪异的，这成了他驾驭生活的武器。

这算一种自尊。

---

① 法国著名喜剧演员，1982年去世，代表作品《我的舅舅》等。

这样的自尊下，无论经历了怎样的困难，无需抱怨。我母亲也有类似的品质……我希望我能继承他们的这类品质！

——卖惨，摆惨，无论现实生活还是文学虚拟，都比悲惨本身更惨。

6

有一次，舅舅的继女对我说：

我爸老奇怪了。我让他来过年，他不来。后来又说来，早上四点半就到我们家门口了。

我不用替舅舅向任何人解释，他为什么大年初一早上四点多到人家门口；我宁愿把这当成故事的细节；我更愿意替舅舅看看，黎明中寒冷的街景。他等待开门时，也许看了晨曦中模糊的街灯，也许看了街灯昏暗中居屋锐利的棱角，指向天空。寒冷中，舅舅也许感觉到了，北方的冬天是硬的。

7

舅舅年轻时,异地偶遇一个漂亮的女护士。他恋爱了。

两地书,舅舅写的一定很漂亮。他喜欢文学,钢笔字也很漂亮。无论年轻年老,舅舅都算漂亮的男人,虽然清瘦。舅舅每个月寄给那个女人25块钱,这笔钱或许也很吸引那个女人。

三年过去,舅舅不满足他们偶尔相见,要求结婚。那个女人带着两个孩子来到舅舅的城市。

她说,她已婚。

听到舅舅讲起这个故事时,我还是一个不知情为何物的孩子,但我知道他被骗了。我淡然地看着他,既没有同情也没有评判。舅舅指着我说,哎,你这个小笨蛋明白我!

在我父母看来,谈恋爱的舅舅才是笨蛋。

他们懂什么?!她领着孩子来了,我请他们吃好喝好,好好把他们送走,我赚了!以后就不用给他们家寄钱了,你说对不?你不笨,你爸你妈才笨呢!她要是不来,我说不定还得多寄多少钱呢!你说对不?

8

我说对？我说不对？

对于舅舅的所作所为，我现在也没法儿说个对错。

舅舅走上的那条人生之路，更像被命运黑手推上去的。

他的一生充满了阴差阳错。放眼看过舅舅七十七年的人生，阴差阳错一直没断，但没有带来喜剧效果。

舅舅和母亲长得很像，也很亲近。

他们的母亲去世时，他们还是 6 岁和 9 岁的孩子。姥爷再娶，后娘再生养，加上姥爷赌钱破产……姥爷断了母亲的小学教育，母亲回家带继母生的孩子，舅舅继续念书，直到新中国诞生，入大学俄语专业……

舅舅年轻是奶油小生；年老清癯，但青春弥留不散，因为他并没有长大？

舅舅的命运让我想起弗罗斯特[①]的那首诗——《未选择的

[①] 罗伯特·弗罗斯特（Robert Frost，1874—1963）是最受人喜爱的美国诗人之一，代表作品《林间空地》《未选择的路》《雪夜林边小驻》等。

路》。林中有两条路,我们只能选择其中一条……我选择另外一条,因为它充满荆棘,需要开拓……如果舅舅的命运是他所选,他的确选了一条荆棘路。

我总是忍不住想象舅舅林中的另一条路,那条他没有选择的路,或许是一条康庄小道,他成了教授,成了著名的翻译,学者……娶了漂亮的太太,生养漂亮的孩子……

对很多人来说,这是那么平常的命运。对舅舅而言,却像童话那么清脆,宛如一个响指留下的空响儿,之后,林中的这条路就消失不见了。

9

大学毕业后,舅舅可以留在长春某个大学任教,或者去别的城市,去别的大学。但他要去最艰苦的地方锻炼自己,他需要有荆棘的练武场。他如愿被派到了北大荒。

北大荒,至今对我是神秘之地。北大荒,从名字都能看出来,它一定会改变无数青年人的命运。

那时的北大荒非今天的北大荒粮仓，那片黑土地半个多世纪前还是蛮荒之地。因为寒冷潮湿，因为繁重的体力劳动，舅舅病了。

在北大荒的医院里，舅舅高烧不退，医院向家里发出病危通知。姥爷赶到医院，大夫告知，为了挽救舅舅的生命，必须割掉他的一个睾丸。据说，当时一个女护士一边哭一边劝姥爷，再等等，看看情况。

这肯定不是必需的医疗手段！因为居住环境导致的下体发炎，持续用抗生素消除炎症，就可以退烧。

但是，姥爷同意了手术。

我只见过姥爷一次。想起他对母亲和舅舅做过的事情，见他一次足矣！

10

从此，舅舅的情感生活必须从他不能生育开始。他的学识，相貌，心地都被这片乌云笼罩了。

舅舅的遗物中，有几张照片，照片上一个梳辫子的女人，眉清目秀，我从没见过。她应该是舅舅爱过的那个女人，那个已婚有孩子的女护士。关于这场爱情，舅舅晚年我们也谈过。我们一起喝酒，我问他，他爱过的那个女人，是不是一个骗子。

舅舅大笑起来，之后，他微笑的目光仿佛落入了往事的尘埃中。最后，他喝了一口酒，说：

我有啥好骗的？！

舅舅去世后，我看着照片上的这个女人，大眼睛厚嘴唇，长得十分端庄，美丽……不由得再次陷入遐想……她要是跟舅舅一起生活，他们或许会很幸福呢。

11

疾病，是舅舅推了一辈子的西西弗斯①巨石。

他的女人因此也都和医院有关。

---

① 源自加缪散文《西西弗斯》，西西弗斯被惩罚无休止地将巨石推上山顶，然后巨石滚落，再推……

除了不孕，舅舅年轻时得了严重的肺结核，这也是北大荒受凉受潮的后果之一。他的第一个妻子便是他的病友。他们住在疗养院里，舅舅的肺结核很严重，她的病比舅舅的病稍微轻些。舅舅描述过的那个疗养院，在我的记忆中，它经常和托马斯·曼[①]的《魔山》里描写的环境混淆。病人集中的地方，氛围都是相似的，故事也是相似的。也许，疾病统一了他们的心态。

舅舅和第一位舅母，出院后结婚，婚后没多久，这位舅母死于肺结核。她是一个瘦弱、安静的女人，面相悲苦。

舅舅的肺，从那时起，逐渐变成了一个奇迹。

他一直抽烟，每天几包，晚年的独自生活中，每天六包，持续了很多年。这些年里，他很少咳嗽，最后一次发生咳嗽时，他忽然不想抽烟了，一天最多能抽一盒。他的一位老朋友给我打电话，她说，你舅不想抽烟了，你来一趟吧，估计他寿数到了。

他的死，与肺没关系。

舅舅的肺，估计是钛合金的。

---

① 德国著名作家，1955 年去世，代表作品《魔山》等。

12

第二个舅母长得很漂亮，带着两个孩子嫁给舅舅。她是口腔医院做假牙的技师，60岁死于纤维肺。他们一起生活了十几年，后期处于分居状态。

舅母去世后，女儿把她和前夫合葬一处。舅舅过世，女儿也把他和他的前妻合葬一处。她跟我说，这是老规矩。我点点头，没什么好说的。

舅舅一辈子没在规矩之中，最后被规矩了，算是命吧。

舅舅活了七十七年，大部分时间，他是独自一人生活，也是孤独的。

烟，是他的伴侣，但没有陪到最后。去世前，他完全不抽烟了。写到这里，偶然看到朋友的这首诗。它触动了我，似乎把我咽下的感情轻轻说出来了。

> 这个地图上的城市，草没有一刻不在长
> 雨落在阴湿的街道砸出水花
> 唱片在转，我在窗户的外面或里面

穿一身褪色的衣服数着乌鸦①

那个穿褪色衣服数着乌鸦的人，可以是我舅舅。

13

小时候印象中的舅舅，总是注意自己的穿着。他和母亲一样，人漂亮打扮也显眼，他们的着装风格用现在的审美看，类似复古风。母亲夏天穿的真丝衣服多数是在工艺美术商店买的，那时一般的百货大楼很少卖真丝服装。母亲个子矮小，她春秋穿的纯毛华达尼②一般都是在秋林公司③的缝纫部定制的。记忆中，舅舅第二次结婚，母亲也介绍他们去那里做衣服。

晚年，舅舅的着装不仅给人留下更深刻的印象，这印象还能产生后果。有一次，我去长春看望他。他说，你去路边打车。我不解地看着他。这个被我父亲指责500米距离都得打车的老爷子，

---

① 选自诗人刘禹的作品《试衣间》。
② 六十年代用来做套服的纯毛面料。
③ 东北高级连锁百货商店。

应该是长春出租车领域的模范人物啊。

是！但这些出租车司机素质越来越差，狗眼看人低！看我这身打扮儿，有的就不停车了。我嫌麻烦，浪费时间，你赶紧招手整一辆，咱们就到馆子了。

舅舅一身运动装！

这身运动装他已经穿了很多年。

蓝色阿迪达斯三叶草①，侧边三道白杠，裤子是直筒宽松。我记不得阿迪达斯这款运动装有过这种直筒的，看上去有点儿像阿迪达斯和巴黎世家②的联名款。我继续观察他的着装：舅舅一米八的个头儿，老了也没缩缩，但至少大两码的衣服，在舅舅65公斤左右的身上看上去并不是过于空荡，合体的宽松而已。

我怀疑他在裤脚那里做了手脚，剪掉了松紧变成敞口……

我忽然发现，他这身三道醒目白杠的运动套装，码大但不那么显大的原因是——里面还有货。

舅，你这阿迪达斯是带内胆的吗？

---

① 阿迪达斯的系列品牌之一，以三叶草为标志，Adidas Originals。
② Balenciaga，法国著名时装品牌。

带？死的！我都让做缝纫活儿的那个老娘们把它们扎死了。

裤子的臀部那里被缝纫机扎得密密实实，已经变成一个有内核的坐垫。这就是这身运动衣在舅舅身上不显空荡的原因所在——里面还有两层别的运动衣，也许是别的牌子的。

你这穿法算是狐假虎威吧？

假什么假？！我就是虎。我就是威。

我凑近闻闻。

闻什么闻？

还不臭，你多长时间洗一次？

洗什么洗？不用洗，我自带仙气！

14

独自生活，像是自愿，究其根本，也没那么自愿。

独自生活仿佛是某种选择的代价，是独自生活的人必须承担的后果。许多独自生活的人并不记得选择的时刻，但也甘心承受了。

独自的生活，怎样都是挣扎的。需要坚强甚至坚毅，要掩饰挣扎，还要掩饰这掩饰，方显优雅。

我不能把舅舅每天抽六包烟和他的独自生活联系起来，甚至也不能和他的孤独联系起来。我无意否定它们之间的关联，但这必须是两件事。

我通过我的独自生活得出这样的结论：独自生活中，每件事必须是每件事本身，这是独立生活能够长久持续的保障；否则很容易发疯。

独自生活，孤独，吸烟，暴饮暴食……一旦精神把它们联系起来，便是痛苦的开始。也可以说，痛苦是精神的产物。

独自就是独自，不是孤独的原因。有些独自生活的人并不感到孤独，而有些有家庭的人非常孤独……一如也有快乐的吸烟者，每天手不离烟。我尝试这样理解舅舅的每天抽六包烟，是他愿意，他能。这样，我才能找到理解他生活的逻辑。

舅舅的一生，开玩笑说不常常是 1+1=2，也经常不遵循某种因果律。他活得相当——"我愿意"，但这愿意带给他的除了持续这样做的力量，还有痛苦。

他一生中似乎从未做出过"正确"的决定。

他父亲为他做出的那次错误决定简直就是一个开始，舅舅不由自主地重复某些错误，这样的命运我没在别处见过。

15

从北大荒①活过来，舅舅先后在长春当过大学老师，教俄语，后来是俄国文学，最后调入省社科院文学所，直至退休。这份履历上，不乏我替他想象过的世俗幸福的可能性，但他另有"任务"。

九十年代，他忽然对佛教和人体特异功能感兴趣，非常沉浸，成立了长春市特异功能协会，任会长。他自费出书，其中一本叫《无心功》，至今还在我的书架上。

《无心功》强调无我，无心，无执……但并未妨碍他对特异和反物质等神秘事物的执着。

他去世的前一年，我去看他。我们在他租赁的屋子里，一边喝酒一边吃我从饭店打包的下酒菜，还有舅舅最爱吃的虾仁饺子。吃饱喝足他把剩菜都拿到厨房，该扔的扔掉，该留的放

---

① 东北最北部的一个地区。

进冰箱,秋日的斜阳漫进窗口。

再过个把月,这太阳就不理我了。

舅舅说着,点烟,之后递给我烟盒和打火机。

来一根儿,以毒攻毒。

这是我抽烟时的口头禅,舅舅笑着看我,那一刻里,我看见了年轻时的舅舅,看见小时候的我,他给我讲《静静的顿河》和《哈尔绍夫兄弟》[①]……

现在,他老了,我也不再年轻,他给我讲未来的灾难。夕阳跌入黄昏,透过轻烟,有过几次幻觉。我和舅舅恍如隔世,与他的健康无关,是他所谈论的一切,仿佛不在我所在的维度。

他把两千块钱缝在裤子里,告诉我,枕头旁边的黑皮包里还有四千。我问他何用,他说,灾难来的时候,首先是电力受损,取款机将会失灵。

要是没电了,估计钱也没啥用了。

你说的对,但是,你说的也不对!你知道,这个世界上有

---

① 均为俄罗斯文学作品。

多少像你爸那样的人？他们把钱看得比命都重要。

然后呢？

然后？然后就是，他们会把手里的一个窝头儿或者一个罐头卖给你，他们从你手里接过去的是纸，但他们认为是钱！这就是你最后的机会。

活下来？

对！

都那样了，活下来不就是遭罪吗？

错！你这个知识分子比白痴还愚蠢！

那你点拨点拨我。

灾难不是毁灭，是重组！是转折！是渡人！你要是不能活下来，剩下的皮囊不是人，没有渡的价值！

我笑了。舅舅老了，开始糊涂……这是我当时的感慨，无论他怎样，我都喜欢和他聊天，好玩儿。

灾难是局部的，还是……

局部的，现在不是经常发生吗！但以后的局部，会引发整体的变化！要注意美国，尤其是黄石公园①区域！

---

① 属于美国落基山脉，是世界上最大的火山口之一。

我开始哈哈大笑了：你听谁说的？

特异！有特异的人就知道！

看着这个老顽童，我笑得开心，又点了一根儿烟。

最好别去美国，去了麻溜①回来，剩下的就看个人造化了！

16

舅舅去世几年后，我才听到关于黄石公园超级火山的说法。

据说，黄石公园有几千座超级火山，它们的喷发能力比普通火山强上千倍。假如黄石公园的超级火山喷发，火山灰将覆盖美国绝大部分，几十亿吨的二氧化硫将充满大气层，阻隔太阳的照射，全球温度急剧下降，地球将进入长期的酷寒期……黄石公园的超级火山在过去的210万年里，喷发过三次，平均每六十多万年喷发一次，现在已经64万年没有喷发……这意味着它的休眠期已经结束……

舅舅躲过了这一劫。当我写下这句话时，眼前浮现出舅舅

---

① 东北话，赶快的意思。

得意的笑容,仿佛在说,你这个笨蛋知识分子!

我对着浮现中的舅舅报以同样的微笑,似乎在说:

你准备的现金,都被你女儿用来给你买棺材了。你墓地的钱可是我出的,环境挺好的,你要好好在里面待着呢……

我仿佛看见舅舅哈哈大笑。他笑得开心,唯一可惜的是听不见笑声。

亲爱的舅舅,当我通过高速摄影看见一个昆虫扇动轻薄的翅膀,将自己停在空中,优雅地吮吸花蕊之蜜时,像被闪电击中了一般,深深地被触动:

在我们不可见的这里或那里,在我们可见的世界之外或之中,一定还有别的世界或者别的存在,一定还有我们未知的发生或即将到来的发生……如果你看到的是可能到来的灾难,就一定有正在到来的奇迹和美丽。

——准备现金?我宁可保护视力,看见任何发生中的美丽!

17

舅舅去世前几年,曾把一批藏书给我,其中除了文学作品,有很多心理学著作，荣格①的居多。他读荣格，在荣格的书里画道道，却与荣格擦肩而过：

"虽然没有方法展示灵魂在死后继续存在的有效证据，但是，各种经历会令我们加以思考。我视其为启示，不想擅自将各种顿悟的意义强加于它们。"②

舅舅自费出版的另一本书就是关于灵魂转世的。他认为，灵魂不死。为此，他提出了许多"实例"作为论据，从中国到印度，从东方到西方。可惜，他没有受到荣格睿智的启发，进而发现这些论据本身也需要被证明。研究证明灵魂转世，至少到目前为止，更容易把人送进死胡同。

荣格说，拥有一种秘密，一种对未知事物的预知性是很重要的。它使生活充满了某种非人格化的东西，充满了神秘。一个人要是从未体验过它便等于错过了某种重要的事。

"在某种程度上，我能觉察到看不见处正在发生着的过程，而这便赋予了我一种内心的确然性。"③

---

① 瑞士著名心理学家，1961年去世，代表作《心理类型》等。
② 选自荣格自传《回忆梦思考——荣格自传》刘国彬等译。辽宁人民出版社，1988年，沈阳。
③ 同上。

这种"内心的确然性"丰富了荣格的人生，拓展了他的心理学研究。荣格因此发现了可以连接东西方文化的桥梁。作为一个西方的学者，他没有去实证这种"内心的确然性"，从而保有了它形而上的玄学性质，可意会不用言传。荣格成功地运用了东方智慧，突破了他的研究。

作为一个东方人，舅舅尝试外化这种"内心的确然性"，通过证明让他获得这种感知的灵魂现象，由此拐上了另一条崎岖小路。这个选择将舅舅的孤独变成了双份：激励他研究的存在，让他获得精神安慰的存在，假如作为论据，到目前为止，仍是不可证实当然也不能证伪，但对舅舅来说，是无法克服的困难——他的左右手全无稻草，像一个用虚无证明虚无的虚无劳作。

18

舅舅脱离了自己的文学研究，去研究特异功能，直到今天我仍然理解。他和生活中的那些人一样，不愿意过安分守己没有悬念一眼便能望到尽头的生活。或许他内心受到了召唤，他毫不犹豫地把自己悬吊在世俗和他想进入的那个世界之间。他也许能够感知墙那边的事情,或许还可以预知某些隐秘的事情,但他无法穿过那堵墙。他周围那个特异小圈子里,更看重的是实际的穿墙术。他无法用功夫证明,他所感知的。

可以说,这是舅舅的命运。

可以说,这种愚见和他对特异的笃信,断送了他内心的平静。

他在日记中写道:

……我认识了特异!……值得我为她去死。我为她失去了五套房子,走南闯北,游遍大中国!……最令我伤心难过的是,被一个臭无赖讹得玩儿命!为保大局,我下跪了,还被讥讽!……"文革"中,我被打成苏联间谍,我都没下跪求饶!

为特异,我豁出一切了!

超人、蜘蛛侠、蝙蝠侠等,都是特异人的表现!人类需要超人的帮助!反对特异的,没有好下场!

悟:一切都不要怕!一切都是心造的!

……

夜,两点一刻,梦醒,沙发上。梦:大事变!换冬装!忙乱!

疯！傻！坦荡逍遥，自由自在。定不住，不出特异！忍！开资后，再定戒烟的日子！还得等六天。

从对神秘的感知，到有关神秘的理论，荣格梦幻般地阐述了它们，远离了证明的陷阱，从中获得了巨大的安慰。舅舅一直到死，都没有发现这条路。晚年，他变得更偏执，焦虑的沼泽一点点吞噬他。

在去世前一年的日记中，他写道：

意念是一道波率，鬼神是无形的导体。
你的思想，意念，天地鬼神都知道！

这是他最后的安慰？他所做的一切，人不理解，但天地鬼神都知道。

19

我小时候，他经常来我们家。因为他多数时间独自生活，每逢年节都来,这好像是没有家的人的一种本能。

有一个冬天的晚上,舅舅来大娘家接我。我穿着棉猴儿(棉大衣)和舅舅一起慢慢往家走,他躲到电线杆子后面……我认识回家的路,便一个人默默地往家走。他没办法,只好跟上我。他问我什么,我也不回答。

那时候,跟我比,他更像一个孩子。

回到家,他把我关到门外。我敲门。

你就待在外面吧。

外面冷。我说。

他打开门,让我进去,妈妈责备他。他说,他想看看,我是不是哑巴……这是一个舅舅喜欢讲起的故事。

舅舅每次来,带的礼物都是日常的吃食,没有给孩子的特别礼物。我开始喜欢他,是上学以后,尤其是进入中学后。我喜欢读书,他便给我讲俄罗斯文学中的故事,关于《安娜·卡列尼娜》《复活》《卡拉马佐夫兄弟》《叶尔绍夫兄弟》《静静的顿河》[①]……文学的门一点点地在我眼前敞开了。当我走上这条路,走出很远之后,舅舅却变道了。

---

① 均为俄罗斯文学作品。

渐渐，文学变成了我的第二生活，就像醒着和睡觉把光阴一分为二，文学在我的生活蛋糕上再切一刀：创作和现实。创作的时间里有一个虚拟的世界，那里像我的避风港湾，疗愈过我的很多痛苦和磨难。

舅舅曾是我文学的引路人。

读完巴别尔的《骑兵军》[①]，我曾想过，要是我们能一边喝酒一边谈谈巴别尔，多好！说不定舅舅还能从特异功能拐回文学。他一定非常喜欢巴别尔，因为他们都有愤怒要抒发。

20

舅舅的一百多本日记，都流水账式的。

翻看它们时，感觉像是摆弄舅舅抽的那些烟卷儿。他的字体隽秀有力，我想，他不是写给人看，是自己跟自己说话。他的日记和他喷出的婀娜烟雾也许别无二致，是另一种诉说：无形无态，想懂才能懂。

---

① 俄罗斯犹太裔作家，1940年去世，《骑兵军》是他著名的代表作。

舅舅去世后,他的继女扔掉了这些小本子,也没错。不扔,又像是孤寂的证据。

倒数第二本日记,最后一句话是:佛门无锁。

……

凌晨1点25,听佛法。

奉行佛法的人少!

一念善,就是极乐世界!

魔的手段,要小心!

给钱,不能消贪嗔痴!

火烧功德林!

佛法重在行,不在说!

……

大迦叶:一床一衣,其他皆舍!

宇宙年龄:137亿年,有一点膨胀到无限。

境由心生!转境,是转心!

相是假相!

……

多梅内克拯救了法国队!罢安,开除!

失去×××① 就失去！省得他气我！魔我！让我忍受不了的诡辩术！会把我气疯！火冒三丈！大骂脏话！

闹剧，变悲剧！

今天买 10 元冰棍儿，11 根。

12 点 25 焖豆饭。

都在心态里。

备用 600 元，零用 75 元。

乌拉圭对加纳，点球！

晚 10 点，拉一长干屎。

阿根廷，没有章法！没有准度！没有攻式！总往后踢，不往前踢！——4：0！德胜！

……

凌晨 1 点 25，听佛法。

5 点 20 起床。

还停水！

9 点前，吃个馒头。之前×× 来了。

下午 12 点 45，来水了。

---

① 这里是指他的一个老友，也算是饭友，舅舅经常请他吃饭。

你张学良,也错了!犯罪了!蒋介石不让你抵抗!罪名是(?)!可小鬼子坑了我们那么多年!死人无数!你抵抗了,鬼子进不来!

2点,东田,白菜粉条,小炒,与××共餐,38元。

4点多回屋,路遇×××。

……

0点30,起夜。

凌晨1点48,一天天过去了,不知不觉中。一个78岁的老人,孤独地过每一天,是不容易的。庆幸的是还能动。如果不能动了,一切都不堪设想!

故,自证,必须进行!不管能否戒烟!自证,日日实行!无心,时时执行!

凌晨2点40,去掉一切束缚!不让任何东西捆住自己的手脚!

21

法国哲学家萧沆说,没有新生活,人只有一个生活。他说:

"任何人在回望自己的溃败时,为了避免来日的溃败,都想象着自己有能力从头开始某种崭新的东西。于是,他们给自己许下庄严的承诺,然后等待奇迹,把他们从命运注定的平庸陷阱和命运的无限深渊中拉出去。然而,什么也没发生。所有人依旧做着同样的人……我从来不曾见过哪一种'新'生活最后不是一场幻灭……"①

舅舅不停地下决心,要做也许他一生里注定做不到的事情。但这决心和愿景居然激励了他如此之久,直到死亡。我想起德国女诗人奥斯兰德②的一首短诗:

那个梦

活了

我的一辈子

舅舅日记中,经常写道,把债了了,清了,就好了,无债

---

① 选自萧沆的代表作《解体概要》。
② 罗泽·奥斯兰德(RoseAusländer)(1901—1988),是一位用德语和英语写作的犹太诗人。

一身轻……把烟戒了，开始自证……

后来，只剩下两个愿景：戒烟和自证。

舅舅最后不抽烟，抽不动烟了，是神插手了。

对此，舅舅是明了的，不然他不会那样甘心地跟随。跟着死，走出了痛苦的蹂躏。

他不止一次写下——佛门无锁，可惜，舅舅似乎并没有进去。

22

每个关心自己存在的人，似乎都必须找到一个自己的说法，去活自己的一生；否则就得依据别人的说法去活，所谓人云亦云。

舅舅的一辈子里，似乎一直摇荡在自己和他人的说法之间。

他对自己的说法不够笃信，外界的发生便能动他，左右他。同时，他又不谙世俗之法，处世节节失利。很多日常中的大事儿上，他总经历这样的三部曲：激动地决定，坚定地完成，默默地后悔。

房子，也是舅舅的一个心结。

前不久，我梦见舅舅住在一个折叠的小房子里，晚上搭起，白天收起。梦里我问他,白天待在哪里,他高兴地说,在一个印度的咖啡馆儿,那里很好。

我是一个迷信的人,房子、舅舅、印度,这几个关键词,向我描绘出一幅彼岸的图景。

舅舅原来有过几套房子,出于好心,借给他妻子的亲属或者他的朋友住。九十年代,舅母去珠海发展,在那里买房,舅舅还留在他们的旧居中。看舅舅的日记,得知他们的感情在两地分居中似乎出现了问题,舅母有离婚之意。舅舅对舅母以离婚为目的的很多做法很生气,索性把离婚的事情挑明了。之后舅母似乎没再提离婚的事情。

后来,舅母遇到经济困难,找舅舅帮忙。他从来都没有过算得上积蓄的存款,如果帮,只有卖掉他自己住的房子——社科院分给他的三居。

有人说不该帮,不管,认为我这一辈子,就这点财产了,没了窝,我以后上哪儿待?!

我想卖,想帮,我有难言之苦!但夫妻一场,不易!

当年嫁于我,就是不容易不简单!是最大之恩。我是司马迁！……故，她千错万错，嫁我之恩，可压倒一切之过！

如今，回心转意，求我帮忙，我责无旁贷！不能无情无义！……报答××是我的天职！天经地义！

现在卖得牺牲五六万，算不了啥！人家陪我半辈子，也好难！好苦！……她忍受的难忍之苦，我无法报答，六万元，算个屁！

舅舅低价卖了自己住的房子，去了珠海，把钱给了舅母……好景不长，舅母去世，房子被抵押……他只身一人回到长春。他想要回自己过去借给小姨子的房子，得到的答复是，房子已经动迁，他们添了七万块钱，才回迁的。想要回房子，先拿出七万块钱。欠债的舅舅连七百也拿不出。他给自己租了一间房子，我帮他预付了一年房租。之后好久才听他说起房子的事情。我很愤怒，我说，我出钱，把房子要回来。

算了，他们都是坏蛋，不要跟他们扯到一块去。

他最后死在一个租屋里。

……我不该卖了三室一厅的房子，使自己没了窝！卖了409万是我最大的罪过！

把烟戒了,每个月攒两千,一年两万,十年二十万,买个狗窝!

……

……房子不再想了,认了,都是自己的错,惩罚!租房也好。最关键的是自证!其他的都可以放下!

舅舅被情绪左右了一辈子,摇摆了一辈子,更正了一辈子。

23

因为他的自费出版物,因为搬家,因为租房子等,我出钱帮过他。

每次我给他这笔钱时,他总是微笑地看着我,好像在问我,真的?你真要这么做?

每次,我也总是微笑看着他,仿佛在回答,这是我补交的学费,感谢你把我引上了文学之路。

舅舅从没说过谢谢。

我高兴舅舅不跟我说谢谢。

这是我们之间隐秘的相知。我知道舅舅是怎样的,舅舅也知道我是怎样的，我们之间有种深情，不必言说。

舅舅住院手术后，我去看他。他看见我的第一句话是：

你来干什么？！

我返回后，他女儿给我打电话说，我走后，舅舅问她的第一句话是——我给她留了多少钱？

认识舅舅的人，很多都认为他是一个败家子，根本不会管理自己的生活。我父亲曾经坚定地保有这样的想法，直到他最后一次和舅舅见面，似乎才看到了这个小舅子的另一面。

舅舅一辈子做事，不是过头就是不及，中邪一般。但每次失败后，他的表现，我很钦佩：从不抱怨！

舅舅从来不说，自己是怎样的人。他对此似乎不感兴趣。每当他说起往事，总是充满嘲笑，首先是狠狠地自嘲，然后是同样狠毒地嘲讽他人。

24

舅舅从不谈死，不是忌讳。

母亲被诊断为癌症后,我接到舅舅朋友的电话,让我去长春看看舅舅。她说:

你舅咳嗽,我给他用气功治过,好了。但他抽不动烟了,一天连一包也抽不动……我估计你舅的寿数快到了……你来看看吧。

那次去看望舅舅,先谈到的是母亲的病。他嘱咐说,不要手术,能活多久算多久,不要遭罪。

那也是我认识舅舅以来,唯一的一次,他不开玩笑,不说嘲讽的狠话,默默地跟我散步。黄昏时分,我们走到车站附近的儿童公园,舅舅不走了。我开玩笑,你挺能走啊,为啥还总打车……

舅舅没说话,他微笑着看我,我有些慌,舅舅很少如此郑重看我,微笑中没有一丝别的附加,笑得有些抽象。

好好照顾你妈,我就不去看她了。

我缓缓点头,眼泪上涌。舅舅是在与母亲告别。他们一辈子的坎坷,无论共同经历的,还是独自经历的,在这最后的诀别中,全部化为几乎无法承受的深情。

母亲和舅舅,这对相依为命的姐弟间有他们独特的情感表达,那就是从不表达。舅舅不去看望病重的姐姐,也许是无法忍受最后诀别的难受，也许他知道自己也命不久矣，无论怎样，他们还是在冥冥中见过了，我相信是这样。

我被母亲和舅舅的性情笼罩了，我体察到他们的感情时，更加悲伤，仿佛看见他们与我的相连，但他们都要走了，要离开我还在的这个世界，我还能与谁这样感觉彼此，信任彼此？

一切都在心里，不用诉说，但永不改变……

我忍不住大哭，火车从远处一点一点接近站台，仿佛从天边开过来的……之后，我看见儿子的脸庞从远处的天边显露出来……这就是血脉吧。

25

后来，舅舅住院，看到他不再进食，我告诉了母亲舅舅的病情。

母亲听了，笑笑，没说什么，继续看电视。过了一会儿，她关了电视，掏出手绢擦眼泪。我离开房间，让母亲一个人待着。

舅舅去世后，我让他女儿保留一段舅舅的手机号码，以防母亲打电话。她一定打过很多次电话，总是响铃没人接。有一次，她问我，你舅怎么样了？

我敷衍她说，他女儿说还行。

他的电话坏了？

我用自己的手机拨通了舅舅的号码，响铃中母亲看看我，我掐断了响铃，犹豫要不要把舅舅的故去告诉她。这时，母亲看着窗台，然后再看看我，当时我想，窗台上要是种盆花就好了。

母亲笑笑。笑得并不沉重，然后再看窗台，窗台上遍是阳光，我再次懊悔，没在那里种盆花。

母亲轻声哼了一声说：

你舅说不定已经死到哪国儿去了……

我"噗"地笑出来。母亲说话的口气像是舅舅正在星际旅游。那以后，母亲有时默默流泪，我等着她的"总结语"，像说我爸那样说说舅舅的这一辈子。直到母亲去世，她从未说过。

我仔细回想发现，从没见过母亲和舅舅号啕大哭。他们最大的悲伤表达就是流泪。

以至于见到别人号啕大哭，无论现实中还是视频里，我都会起鸡皮疙瘩。至今，我不清楚，这是我的问题，还是号啕之人的问题。

总之，不伤感，不抱怨，不怕死，我喜欢舅舅——这个命运多舛的怪老头儿。

26

舅舅可以像教授那样说话，也可以像无赖一样骂人。

他谈普希金谈暗物质反物质，一口标准的普通话。混账，王八蛋，王八犊子……东北骂人话同样清晰出口。有一次，他说起一个因为什么事不再往来的旧友，他说：

×××，这个逼！

看着舅舅认真的表情，像一个七八岁的怄气男孩儿，我笑出了眼泪。

他的衣着既像拾荒的又像精神病患者，线条明晰几乎没有皱纹的脸上，昂扬着某种属于年轻人的斗志。在我眼里，他像一个古怪的藏书人，所有的书全被烟熏黄，就像现在有些人用硫黄漂白中药一样怪诞。

一个半疯的教授。一身天蓝白道的阿迪达斯运动服。两根细长的手指,永远夹着一支烟,香火一般。晚年,他打坐,最后变成坐着睡觉。没人知道,他多久洗一次澡,多久换洗衣服。我知道,每次见他,无论年轻年老,无论去看他还是他来看望我们,舅舅从未散发过不好的味道。每天的六包烟,也不知道都去哪儿了,他家里很清亮。把这些和舅舅说的特异功能联系起来,我多少是信服的。

你到底是什么人呢?我真挺好奇。

这是一个出租车司机发出的疑问。舅舅说:

我是什么人,我什么人都不是。

我和司机都笑了。司机再说:

看你穿的,像要饭的;听你说话,像是有文化的;看你骂人的劲头儿,也有点像精神病院的……

我不是人!我是特异!

"我是一个痛苦的灵魂,以一位疯人的身份迷失了,所以,我对着开阔的夏日田野发出一声吼叫。"[①]

---

① 选自希梅内斯《生与死的故事》。

27

不幸的人生,像一种传染疾病,人们避而远之。

假如这个人是你的亲人,分担他的不幸,也不是光有理解和同情就能做到。面对舅舅,我一直没有做到理直气壮地挺他,因为我隐约总能感觉到,那些反对的声音。

至今,我仍然无法对那些看不见听不见的隐约之声发出吼叫,让它们见鬼去。我不敢喊出来,它们就还在我的某处。这决定了我仍可以隐身人群中,不显山露水,暗地里同情舅舅,顺便赞美几句。

写到这里,忽然觉得对不起舅舅,或者说对不起他曾经的活法儿。他可没管那么多,就把自己蹽出了队列。

舅舅的日记里,经常使用问号和感叹号。他也许知道,也许不知道,向他提问的应该是一个答案。他等待这个答案的漫长岁月里,每个问号,每个感叹号,都是一种激励,激励自己坚持,坚持到答案出现的最后时刻。

从这个意义上说,舅舅算是得救了。

就像一位友人对我说的那样,需要等待,还需要盲目。

每个人都需要点儿什么吧。

28

舅舅是坦率的。

他的坦率是赤裸的,没人喜欢。

他对一个不喜欢的人说,你是一个傻逼,与他所受教育完全不匹配,惊得不是傻逼的对方在这一刻里也化身傻逼了。只有傻逼的脑子里充满条条框框,谁说读书人不骂人,谁说文弱之人不敢杀人……

舅舅最后的时间里,只说一些短句。

你来干吗?!

当我出现在他病床前,他的这句话像雷厉风行的欢迎词,同时也是一个命令;一个问句自带答案,斩钉截铁。

你跟我聊聊天儿?

你给我买冰棍去!

今天，你已经吃 13 根儿冰棍了。

哼！

他不说话了，继续微笑。

……

年轻时标准的奶油小生，晚年清瘦怪异的舅舅，已经离开十二年……也许正坐在我梦见的印度咖啡馆里，晚上在恒河边打开自己的折叠房。

他去世前做过的事，说过的话，现在仍让我高兴，让我感到安慰。

他没有跟我聊天儿，没有拉着我的手说，过去如何，你要如何……

他预言的灾难被更多人说起，但还没来。我的生活用苟且形容有些过，姑且不谈。至少，我取消了诸多关联，比如远方和诗，要么去远方，但不为了诗；比如，具体和空无，在空无中空无，一如在具体中具体，不把两者掺合起来，日子舒坦很多……

舅舅，我将日子过到如此地步，假如可以称赞，便有你的功劳；假如需要指责，你也有责。不管怎样，希望舅舅这世的耕耘，来世会有收获。

　　舅舅的一生，所付代价，超乎寻常，在我心里，舅舅是真正的男人，虽败犹荣。无论怎样，从未抱怨，从未自怨自艾，笑不起时，骂几句，活不起时，死得起。

好像刚刚有了一个爸爸

1

父亲 2011 年底，因为咳嗽呼吸困难住院，确诊为肺癌晚期，无法手术，经过化疗，于 2012 年正月十五离世，不到三个月的光景，花光了他一生的积蓄。

最后一段的治疗，父亲曾愤怒地拔下点滴，对着医生喊道：明明知道治不好了，还给我治，你们就想骗钱！

医生无声地隐了，像一道安静的阴影。

他无需解释什么，这是真的，无论面对怎样暴怒的患者或者患者家属，那时候的医生已经非常懂得如何保有安静无语的权利。他们问患者和患者家属，想治疗吗，想如何治疗呢？他们只提供用药价格的选项。

不能手术了，可以化疗；化疗有医保报销和不报销的两种，前者副作用大,后者贵万把块钱……

父亲选择化疗。因为还抱有活下去的希望。

我替他选了贵的,不想让父亲太遭罪,也让自己良心好过。我的心情在希望和绝望之间,其实也没指望发生奇迹。

医生更清楚,没有悬念,怎么治都是死。

中断治疗只持续了一个下午,晚上父亲要求恢复治疗,重新打上点滴。在漆黑的病房里,无法平躺的父亲,仰靠在摇起的病床上,时而昏睡片刻,时而叹息,时而喘息。那些冰冷的药水不能减轻父亲身上的病痛,但可以转移他的心情:打着药也难受,他可以怨药物无用,可以骂医院骗钱。这并不是我当时的理解,当时这么做的原因只有一个:无法说服父亲的固执,所以得听他的。

2

我一直不知道,应该怎样面对父亲。

父亲去世十多年后的某一天,一个阴雨天,我一个人撑着伞,伞像一个幽灵伴侣,与我一起走在安静的街道上。我忽然想,现在，可以这样和父亲聊聊天儿——隔着生死之河，此岸对彼岸。这么想，心里一阵高兴，但最先涌出的却是眼泪。

之前写过有关父亲的文字，宛如烟云，早已飘落。

有多少父女，他们都还活着的时候无法真正地理解和交谈，但他们在意彼此，爱着彼此，用奇怪的方式，就像我和我的父亲一样。我不自觉地抱怨父亲的这个那个，父亲并不理睬，这是他的包容。但他也有对我的抱怨，他无法告诉我，因为爱，因为包容？无论如何，那些在我和父亲之间没被看见没被意识到的一切，沉默地漂浮在我们周围，直到错觉消失，父亲的一辈子已经翻篇儿了。

3

父亲去世后，我才明白，为什么一个不想死的人，总说不想活了。

在我的记忆中，父亲内心深处有一种不高兴的底色。这不高兴反复发作，像一颗反复爆炸但没有杀伤力的炸弹，周围的人没有因此更关注他，相反觉得他别扭，可笑。

四十多岁时,他就经常提到衰老和自杀,那时他比我现在的年龄还小。老了,自己提前备点儿药,到时候一吃,一了百了。他常这么说。

发现患癌的前一年,父亲被肠胃功能紊乱导致的便秘折磨。最严重的时候,住院治疗了一段。病因很清楚,他总给自己当医生,一有病就买药吃,常常同时吃十来种药。药,把他肚子里的菌群弄乱了。

有一次,他站在冬日污浊的窗口前,对我说,他留的那药片儿找不到了,不然,何必受这份儿罪呢!说着,说着,他已经满眼泪水。

我安慰他,但心里却在嘲笑他。我觉得,他是一个蹩脚的演员,因为他是父亲,我不把这样的话说出来。

上大学后,我开始读心理学的书籍,喜欢用积累的心理学常识揣摩自己,他人。但我从未把父亲放到这个层面上琢磨过,尽管我早已感觉到他的忧郁。假如,他是我邻居,是一个我熟识的老头儿,我也许会像朋友一样跟他聊聊。

但他不是邻居老头儿,他是一个与我有关的人,又像是与我无关。我无法走近他,就像他也无法走近我一样。忽视他的心理状态，不是我的意愿，却本能地这么做了。母亲有病后，父亲的心理状态十分糟糕,无法忽视的时候,我选择忍受。这"忍受"经常被自己误读为"宽容""爱"的另类表达……当我认出这些纯属误读时，父亲已经死了。

4

在我的记忆中，我和父亲的交流，无论单独与否，都是说事情，或者说别人的事情。我们从不说自己，或者自己的事情。我们三个人出去吃饭，在母亲还能行走时，她去卫生间的当口，我和父亲的独处多少有些不自在。父亲的目光扫向饭店的大厅，看完这桌看那桌，有时会嘀咕一句，你妈是不是走丢了。这句话里的幽默，只有我们家里人懂，母亲年轻时经常在家附近走丢。母亲一回来，即使我们谁都不说话，沉默中也都安然。

有人说，母亲在家在。

父亲比母亲先走了一步，我的确松了一口气。我可以和熟悉的老头儿开玩笑调侃，如果他们说准备的那片药弄丢了，我会说，丢了就别找了,继续活着吧。活着遭罪，也是人人有份。死，早晚得来，还是人人有份，不用急。

其实，我也可以对父亲这个老头儿说，药丢了是老天成全你，因为你想活，你吃的药都是为了活着，不是为了死，你甚至想永远活着。爸爸，你可以把一切都说得清楚直白，对我，对母亲，对所有人。你死后的这些年，我终于明白，没人真的在乎你说什么，关于自己，你说的一切都像漂浮的灰尘，即使尘埃落定也是悄无声息。我们在乎你，在乎你是谁，但却不在乎你说什么，为什么？谁又能知道？！因为你曾经有过言而无信？谁又没有过呢？！

我和你一样想过自杀，因为害怕得以苟活。爸爸，承认恐惧并不丢人。承认之后，在继续活下去的时间里，我们还有机会战胜恐惧……

在你活着的时候，我什么都没对你说。如果你想责备我，尽管说出来，哪怕在彼岸，我也能在梦里听见。爸爸，现在约定一下吧：有话都说出来，不用拐弯抹角，直接说！

5

父亲最后一个工作是司机。

他退休时还没有私家车,等有了私家车,他年纪大了,退休后,他再没开过车。不过,无论骑自行车还是后来的三轮电动车,他一律在快车道行驶。

有一次他被警察拦住,那时他已经八十来岁。他说:小伙子,你什么都不用说!你要么把我扭送到相关部门,要么放我走。我早就不想活了。

他说"扭送",是"文革"的老词儿。他不喜欢"文革",却怀念过去,总体上认为今不如昔。在他的暮年里,他经常说起的都是前半生的得意之事。可惜,在他的一生里得意无多,藏在肚子里的失意却一点一点地腐蚀了他的生活,吞噬了他的每个当下。

6

父亲1931年出生在河北一个穷苦人家,几岁时跟随父母来到沈阳,当时沈阳又被改叫奉天。

父亲过世后,有一次我跟儿子说起他,孩子对姥爷的总结提醒了我。他说,姥爷这辈子不容易,年轻时,生活就开始从高处往低处去。这时,我好像也看到父亲这样的身姿,心里十分酸楚。父亲从来不是放任自己的人,他一生的抗争也没带给他预期的成功,甚至些许改变。他的努力因此令我难过。我在心里发出哀怨,假如父亲知道什么是躺平,他至少可以有几分轻松的心情,哪怕通过自欺。

你爸没过过什么好日子。

这是父亲过世后,母亲最为他难过的地方。这话母亲说过不止一次。父亲的生活中不是没有过好日子,但他无法撒开的过去,无法解开的心结,涂抹了他的好日子。他的快乐有着不快乐的背景,时刻都可能被扯回到过去的不愉快中。

父亲既像荣格说的那种活在过去的人,也像荣格说的另一种活在未来的人。他对未来寄予的希望是能够改变过去的不如意,像要翻本儿的赌徒,却失了当下。

7

新中国成立后,二十多岁的父亲在东北局工作,整天带着枪和介绍信出差。他对外孙多次谈起的都是这些经历。他在上海住的和平饭店,南京吃的盐水鸭,杭州看的西湖,哈尔滨走过的江桥……

但东北局这个行政单位撤销了,他被安排到卫生局。在这样的行政单位,他的工作遇到了瓶颈。他决定学电工,然后调到一家市级大医院当了电工。当时,他是医院里唯一的一个电工,有公家发的自行车。小时候,我们经常被半夜的敲门声吵醒,每次都是叫父亲的,一般都是手术室或者急诊照明出了问题。他工作做得很好,我出生时,他已经是八级电工,每个月挣七十多块钱。同样在这家医院工作的母亲,在住院处办理住院手续,她的工资只有父亲的一半。挣高薪的父亲经常拿母亲微薄的工资开玩笑。我们三口之家,六十年代每月有一百多块钱的收入,可以说生活很富足。但父亲的工作再次出了问题。

在我很小的时候,有一次听到两个人议论父亲,他们当着我的面儿说父亲是"噘嘴的骡子卖了驴价钱"。他们知道我是谁的女儿，也知道我能听懂这句话，仍然这么说因为他们认为这话没有贬义。父亲工作非常出色，但脾气不好，在分房子涨工资这些事情上，经常为同事得到的不公平对待跟领导公开对着干。他理直气壮对抗领导，不仅仅因为他在工会有点儿小职务，更主要的原因，他觉得这不是为了自己，而是为了他人。

现在，我更相信，这是父亲的命。命运也毫不犹豫地向父亲出拳，惩罚的不是他的正直和仗义，更不是他的善良，而是他从不三思的鲁莽，总是被情绪支配，先行动，之后需要承担后果时，思考的不是发生原因，而是面对的对策。

医院领导暗示父亲，他要是调到别的单位工作，他们不会阻拦。父亲开始学习开车，为什么他不想继续做电工，转到另外的医院工作，为什么要从事业单位转到企业工作，这些他都没提过。父亲喜欢说的经常说反复说，不想说的，从来不说。

考到驾照后，他转到一个工厂当司机。他从这个工厂退休后没多久，赶上改革开放，工厂倒闭了。很长一段时间他只能拿到二百多块钱的救济……直到最后，他的退休金涨到差不多两千块钱，也只有母亲退休金的一半儿。

假如，其实没有假如。有时，生活面临选择，一步错棋似乎没什么影响，似乎每个人都有改正再来的机会……其实没有，至少不是人人都有，机会并不平等。我不知道父亲心里是否偷偷假如过，无论如何，父亲的心里异常苦涩。一个努力工作几十年的老工人，没有得到任何应得的保障。父亲经常发表对各种社会现象的不满，我们都清楚原因。但无论社会，还是他的亲人，都没理睬过他。这些父亲难以吞咽的难受，最后抹杀了他。

8

你爸很痛苦！

这是扮演营养师的朋友，告诉我的第一句话。

为了不让父亲继续吃那么多西药，解决他肠道菌群紊乱的问题，我请一个朋友冒充营养师和他见面。因为我说的话父亲不信不听，所以才有这样的导演。

他们谈了好久，我在附近的街上闲逛等着。之后，我和这个朋友在一个朝鲜饭馆见面，才知道他们也谈了好多，父亲对他很交心。

你爸懂的西医常识比我想象的多，我不能马上跟他说中医，说西医理论等等。我先从他的心情开始,我告诉他,他病的最根本症结是心情不好,难得高兴……你爸听了差点掉泪……他反问我,这生活有什么值得高兴的?!

听到这句话,我的泪水上涌,父亲居然跟我想的一样。这生活没什么值得高兴的!一对绝望的父女,他的妻子,我的母亲,在病危状态下……我们在尽各自的责任。

其实,我们都在扮演着亲人,因为我们无法像真正的亲人那样,走近,真正地相依。只有天知道,这该死的症结又在哪里!听朋友复述父亲所说,我的无助融进烤肉的烟气中,如飘浮的窒息,引出的哽咽也不用哭出来,可以压回心里。

当时心情,在沉默中泛滥。烟雾缭绕的饭店里,"我无法帮助他!"这句话在我心里轰鸣。直到今天,我还听得见那声音,宛如一句无人认领的呐喊,在空中翻腾。

我无法帮助我的父亲,因为他不信我,因为他……如何如何,关于这一点,我现在知道得更多,但在当时,它却在我的情感上灌注了水泥,让我坚硬。除了坚硬,那时的我无法顾及其他。

9

最终,父亲还是被这位朋友说服了。朋友给他讲了另外的道理,人不高兴,整个身体器官的运转就会受到影响,再加上年纪大了,循环缓慢,这样,身体里的毒素代谢不出去,就会生病……父亲同意停止他正在服用的各种西药,开始吃植物性的营养药,调节肠道菌群,调节神经和睡眠,养护心脏等等。

吃药的第一周,效果非常好,父亲觉得,他的所有状况都得到了缓解,逢人必提这位朋友,无比赞赏。

第二周,他期待的更大的改善没有到来,他进入怀疑期。我要他再坚持一周,看看效果。第三周,他开始不安,偶尔变得狂躁。第四周,他愤怒了,认为那个营养师是骗子,于是,恢复了所有的西药。

最见效的药就是毒药!我对他大喊。

你马上给我找来吧!父亲的怒吼盖过了一切。

父亲不是一个懂事听话的邻居老头儿。他的所为,当时都变成了我无法帮助他的借口。在那样的状态下,我甚至没发现显而易见的荒谬：谁说帮助需要被帮助方的顺从？帮助只是实现自己的愿望还是满足被帮助方的愿望？

如今父亲离去多年，我想起一个诗人说过的话。他说，在真正的意义上，人是无法互相帮助的。每个人都在自己的孤岛上，反复尝试向另外的孤岛做出投奔的姿态。

这些帮助的姿态能与帮助等同起来吗？我仍然没有答案，不过，我得承认，我和父亲，甚至和母亲都是这样"帮助"的，我们这样互相"帮助"过。我甚至愿意相信，这是某种命运。

10

母亲首先确诊的癌症，让我们惊慌了，所有人的目光都盯着母亲和她的病，完全忽视了父亲。父亲发病到去世，正值东北最寒冷的严冬，十二月到次年的二月。他去世的那天是正月十五，我们全家无人提起月亮，仿佛满月是对父亲死亡的嘲讽。我不敢望月亮，好像目光从父亲的死亡周围挪开一次，便多了一次对父亲的忽视。

如今，我可怜这个女人！在那个月亮浑圆的夜里，面对父亲的死亡，心里想的还是自己的那个女人。自己的难过，自己的内疚……假如让我再经历一次那样的场景，我会独自站在病房的窗前，比月亮更冰冷地凝视满月，撤销它所代表的一切寓意。我应该像望着凶手那样望着月亮，看够了月亮，再看夜空，也许还能看到几颗可怜的星星，唯独不要把目光落回到父亲的死亡上。

　　这便是莫尔索①式的痛苦。他至少敢面对，敢直视，即使用了不同寻常的方式，也比我选择寻常的回避来得直接和勇敢！大家都习惯并遵守的常规下，也有另外的真相。不发现则好，可以苟活；发现之后便有很多更难将息的时刻——这便是不苟活的代价！

　　看到莫尔索的结局，我曾经想过，他以最真的方式纪念了母亲。

　　我敢说，他爱他的母亲。

　　我不敢说，我爱我的父亲。

---

① 《局外人》中的男主角，他母亲去世，他没有流泪，被认为冷酷，最后他因为杀人被处极刑。作者加缪。

11

父亲可能属于为数不多的少数人,能真切地描绘——晨曦。他人生最后的十几年里,他经常凌晨三点起床,独自坐在狭小的客厅里,面对朝西的厨房窗户,喝茶。

我知道父亲的习惯,背后取笑过他,顺便也取笑一下老人,认为人老了,可能都这样。我从未跟父亲谈过,其实,我可以把这个当成话题,跟他聊聊,让他说说,晨曦是什么样的光线?比清晨的光线暗很多吗?它一步一步迈向朝阳的速度很快吗?晨曦会不会只是一种感觉,爸,你透过厨房窗户到底都看见了什么?你看到了吗?还是你都在想你过去经历的事情,想远在天边或者近在咫尺的亲人?

现在父亲不在了,我也老了,也不再迎着朝阳起床,某些凌晨,独自坐在床上,用手摸摸眼前的晨曦,便浮出晨曦中默默喝茶的父亲,想起母亲说过的事情,无声地笑了。

12

母亲说,你爸三点钟就起来,喝茶烧热水。

应该先烧热水再喝茶吧?

不是烧喝茶的热水,是烧给保姆用的热水……

父母家里使用的是储水式电热水器,坐在晨曦中的父亲一边喝茶一边通电加热热水器中的水。等到母亲起床做完早饭,他就拔掉充电器。保姆的打扫进行到后半段儿,热水基本就没有了。父亲说,除了冬天的三季,热水器就要这么用。

母亲私下对我说,咱家要是用太阳能热水器,你爸早就没命了。(母亲以为太阳能热水器的开关在房顶。)

你爸花10块钱买了一把商店卖100块的美国拖布,放水里都化了,马粪纸做的。

你爸买的香肠,吃前得先交代一下后事儿,说不定能中毒身亡。

我这儿有几十条手绢,你用就拿,你爸按斤买的,划算,哭一天也用不完……

母亲对父亲的嘲讽中,除了幽默也弥漫着浓重的黑色,但父亲不介意,听了总是筋筋鼻子暗笑。从中,我能感到父亲对母亲的感情,从老伴儿对他节俭的调侃中,他得到了从节俭那里没有得到的乐趣。

13

有人说，对钱的热爱，推动了这个世界。

阅历迫使我承认，这是事实。只是这种让你几乎身不由己的推动，不一定把你推向幸福富足和知足。

这又是一个我不能和父亲正常聊的话题。

假如我说出哪些有钱人的不幸，父亲会很认同。但我要劝他别太在意钱，关于钱要想开些，他会以沉默回答我。

现在，我听到了他沉默中的心声：你赚的钱比我多，才这么跟我说话的吧？！

即使我们是父女，是亲人，收入相差悬殊也会破坏这个前提。父亲以沉默指责我的居高临下，嘲笑我所谓的开明。当年的这些情形对我，都是转瞬即逝的无所谓，我完全没在意父亲的沉默或苦涩。现在看，这也不是亲人间的理解和谅解，而是漠视和傲慢。

我从没想过，父亲晚年仍不忘发财的执念，对他到底意味着什么。

我对此的漠然基于我的执念：父亲这辈子注定发不了财，何必违命呢？我会尽我的一切可能在经济方面帮助他，我也是这么做的，这是我的良心安慰。

……八十年代初，我上大学时，他已经有三万元的积蓄，据说，那时一万元便可以在北京买一个四合院儿。他曾经尝试做过的生意，都失败了。进入2000年，他的三万还是三万……

现在，在我陈述这些事实时，另外的事实浮现出来。

因为父亲没有证明他的发财能力，让我对此有了某种定见，说不定它在我童年里就已经是定见。无论如何，我的先入为主决定了，我不会帮助父亲。你不能发财说明没有财运，为什么就不能信命呢？

父亲也许更加无助，越无助越固执；他越固执我越漠然，还以为自己正在包容。

假如，我那时就对此有所了解，与父亲谈谈他不能让钱生钱的原因所在，会怎样？假如我跟他分析一下，他做生意失败的原因，又会怎样？假如我留意生活中适合父亲做的生意，介绍给他，某种程度上参与进去，让他感觉上有某种程度的安全感，会怎样？

还是那句话：没有假如！生活残酷！

假如字里行间也没有假如,那就太该死了。假如我这样做了,即使父亲仍没发财,甚至有了金钱的损失,我相信,我完全相信,父亲会无怨无悔!这个过程中的一切,已经比那该死的发财结果好太多了!我们本来就不穷,匮乏的是情感的交流。

父亲没有实现他的发财梦,他独自承受的损失不止这些。

而我的承受来得很晚,但还是来了:从小到大,到我自己经济独立之前,我生活的全部基础都是父亲的高薪提供的。他已经赚到过的钱,让我和母亲过着富足与周围人比甚至是优渥的生活。

连我对金钱的某种淡然或漠视,也和父亲提供的经济富足分不开。

……

没有假如。没有父亲。只有一望无际的虚无。

14

"文革"时,父亲加入了某个派别,当他发现那些人把人往死里打,而且被打的人在他眼里都是好人,他便退出了。"文革"

结束后，追究那些造反派时，父亲觉得时间证明了他的正确。他一辈子最大的愿望不仅仅是当个好人，最好是当个有钱的好人。

股票和基金迅速发展时，我给他两万块钱，让他买基金。赚了算他的，赔了算我的。他非常高兴，天天跑银行，日子变得充实起来。最后他赚了十多万，这个成绩，短暂地把他从不如意的低谷中带了出来。每次出去吃饭，结账前，他总是掏出钱包，说他请。每次我都拦住了他，他笑着再把钱包揣回口袋。有一次嫂子调侃他，让他以后不要总掏钱包，来来回回麻烦。他笑着看别处，然后对我说：下次，一定让我请！

他请客的那次，我们选了一个中等价位，性价比很高的餐馆。买单时服务员问他开发票不，他一摆手，气派很大；服务员又问他要不要赠品，他再次摆手，非常豪爽。

离开饭店时，母亲对我说，我从没看过你爸这么高兴。

假如老天爷能早点儿把这钱发到父亲手中，他会多得一些快乐；假如，老天爷在父亲有了这笔钱之后，再多给他一些时日，让他的老伴儿不得癌症，他也许会微笑着离开我们，留给我最后的画面不是挣扎，而是淡然的背影。

没有假如，因此才会一直念念不忘假如？

不管怎样，再次想到父亲高兴的样子，像最好的演员夸张但可爱地表现男人的豪迈，眼中盈满的泪水已经模糊了一片蔚蓝的天空。索性闭上眼睛，让阳光在眼皮下泛出红光。

要发票吗？不要！要赠品吗？不要！

这是为数不多不需要假如，我让父亲高兴的事情。它是真的，是仍然留在我记忆中的高兴事。让他人高兴，无所谓这个人是谁，最后最高兴，高兴最久的那个人是自己。

……

爸爸，你本也可以这样对人间痛苦挥手的：

要纠结吗？不要！要难受吗？不要！要绝望吗？不要！

15

一个晴朗静谧的周日上午，乘车去了一个距离柏林不到40公里的小镇。这个估计只有千八百人的小镇在一片森林边上，独幢的小房子或者两三层居民楼参差错落，是工人或者农业工人居住区。阳光透过树叶,炎热交融着阴凉,令人惬意。我穿过宁静的小镇,居然看见三家理疗康复诊所,感觉住在这里的每个人都有筋骨问题。我想到了父亲,他生前就经常光顾这样的诊疗,因为他有严重的腰部骨刺。

工人的工作需要付出体力,于是运动被省略了。工人用身体伺候活计,安装电灯,侍弄园子,改建房屋,开着沉重的卡车到处跑……而运动是人伺候自己的身体。即使经济条件允许,父亲也不会花钱去健身房。在父亲看来,这都属于乱花钱,这是父亲无法理解接受的。他和小舅子的矛盾几乎都集中在这些方面。

……

打车可以,我有时候也打车,得是有必要的时候。你500米都不走,都打车,这就说不过去了。

你出去吃饭可以,一个人不爱做饭,一菜一饭两菜都行,但你总请一帮人吃饭,而且总请,人家能不拿你当傻子吗?

阴天下雨你不知道,自己兜里有多少钱,心里没数吗?你一个人挣得比我们两个人还多,你还不够花,还跟你外甥女借钱……

……

跟外甥女借钱是要印书!

过去出版社给你印书,还给你钱,你为啥不继续写,非得弄什么特异功能,自己赔钱印书,你要是有特异功能,直接印钱多好!

姐夫,直接印钱多没意思啊!

不说特异功能吧,就说你抽烟这事儿,就够特异了,我也抽烟,但你一天抽六包烟,一包20块,一天你就烧掉一百多块,这不是找死吗?

……

姐夫你放心,我肯定得不了肺癌。

你年轻时得的肺结核就差点儿要了你的小命儿!

那是因为我那时候烟抽得太少!

16

父亲和舅舅之间类似的谈话中,裹挟着随时点燃争吵的爆炸物。

舅舅年轻时的经历非常坎坷,中年晚年的生活可以用奇特形容，但在我父亲眼里，舅舅的生活类似胡闹。他曾经很详细地向舅舅描绘过他应该有的生活，但舅舅说，我干吗要像你说的那样活呢？

舅舅曾有过两次婚姻，大学毕业后在大学教授外国文学，后在社科院文学所直到退休。他发表过文学评论方面的著作，但他人生最后的二十多年，投入研究的是人的特异功能。这个阶段，他写的书都需要自费出版，这是他欠债的主要原因。

父亲对舅舅的"指责"并不是他自费出版，也不是他丢了自己的专业，走火入魔般地研究特异功能，父亲也没把他和我进行对比，一个出书赔钱一个出书赚钱，如今我回想这些更真切地感到，在大事儿上父亲很明白，但他绕不开小事儿。

你一个月好几千收入，安排好，攒个出书的钱很容易啊！你太能霍霍①钱了……

姐夫，你不懂，人怎么死怎么活，都是命定的，说啥没用。

……

他们几次争吵都是从这样的拐点开始的：舅舅认为父亲不懂，

---

① 东北话，糟蹋的意思。

父亲同样认为舅舅不懂,最后一句垫一句,争吵,直至舅舅摔门而去。之后,母亲再跟父亲吵一架……但这不妨碍,过一段时间舅舅再来,我知道,他想念姐姐。舅舅和父亲最后一次争吵后,一年多没再来,因为他自己身体欠佳。

后来父亲因为肠胃菌群紊乱,同意去舅舅家,让他安排的气功按摩师治疗。第一次按摩,在按摩床上父亲就排气了,他很不好意思,按摩师说没关系。按摩结束后,父亲也排便了。这是父亲和舅舅关系的转折点。

父亲坐在舅舅家的客厅,看着舅舅烟不离手,忽然发现屋子里并没有烟浓的感觉。父亲四处看是不是开着窗户,然后认真看舅舅,希望他能解释,一天抽六包烟,屋子里居然很清爽。

特异功能!

舅舅的解释显然无法说服父亲,他也不想说服。我在一边感觉他们彼此更接近,也许有了更多的理解和包涵。我和父亲离开时,父亲对我说,你舅就是你舅啊。

我点头,心里高兴,他们能这样心悦诚服地和解。但我也没想到,这也是他们最后的诀别。

一年后,舅舅肠管堵塞,术后恢复正常,因拒绝进食离世。一个一天抽六包烟得过严重肺结核的人,一如自己的预言,没有死于肺癌。

17

　　有人活得像花一样，好看不好看，总能被看见。

　　我父亲活得像花土，花土滋养花朵，人们看见了也像没见一样。我曾经写下的关于父母的文字，着重在写母亲，甚至舅舅，因为他们活得像花朵，诗意也从那儿来。感谢时间送给我一个纠正，让我把目光重新投向父亲。

　　最后，两天抽一包烟的父亲得了肺癌，而不是一天抽六包烟的舅舅。心疼花钱，更不舍得给自己花钱的父亲，最后把钱都送给了医院。与不安分的舅舅相比，与母亲相比，父亲活得最安分最保守，从生活中得到的乐趣也是最少。舅舅可以借钱投入自己的梦想，母亲没有什么存款但可以花 1600 块钱给自己买一件毛衣，当年花高价买塑料花买绢花装饰家里……这些在本分的父亲眼里，都是浪费。母亲和舅舅花钱体现的价值，父亲看不到……生活嘲笑了父亲的安分守己。

我把这些亲人活过的一生，掰开细看细思，之后陷入了长时间的沉默。我不敢说看到了生活另外的真相，但我非常怀疑，身在其中的生活是一个假象。我们笃信的一切，也未必值得相信。我们习惯的对错，既不对也不错，但它可以嘲笑甚至否定我们的一辈子。

18

父亲住院后期，对一个男护工非常仇恨。

他说，这个人想害死他。我为他换了一个护工，他仍然不满意，但没再说，谁想害死他。

父亲在挣扎,而且是独自一人跟死亡对抗。他似乎已经感到，我们都不再指望奇迹发生，因此也不再指望我们怎样，但他要求护工尽职尽责！在他呼吸困难需要调整身体姿态时，无论我还是护工都不能有半点儿延迟或疏忽，因为一秒钟的延迟，在他看来都是性命攸关。他无助地指挥我和周围的人，打一场拯救自己的保卫战。每个人的佯攻，父亲都了然，他一个人孤独地在最前线拼搏。直到他一拳打在我头上，之后我才醒悟：

第一个知道父亲要死的人，是他自己。

那一拳不是来自父亲，而是来自他求生的本能。

再后来，父亲睡梦或昏迷中仍在挥舞手臂，驱赶着什么。渐渐，我知道，他驱赶的是迎接他的死亡。

……

最后一刻，他仍挥动手臂与死亡肉搏，直到被彻底缴械。

19

父亲惜的不是命，是可以重新来过的机会。他善良，聪明，行动力强……怎么就不能得到一个完善自己、改正过失的机会呢？！

那些不甘心死去的人，有几个是惜命呢？！他们惋惜，再也无暇修改没写好的人生作业。最后交上去的作业，没有真实反映他们的能力和潜力。

可这就是人生呢，最后总是无情地不由分说，盖棺论定！

生死之间没有一分一秒的迟缓。过了这么多年，我才体会了父亲最后挣扎时的心境。假如那时我体会到了，我会握住父亲的手,帮助它。但这假如十分矫情,这是今生今世我和父亲之间不会有的发生,因为我们从未学习过,更谈不上练习。

面对父亲的临终,我曾经有过的疑问是,他为什么不能从容一点儿面对死亡……我多么希望自己的父亲面对死亡,勇敢、淡定甚至漠然。由此回到从前的岁月,我得承认,我对父亲是有期望的,得到的是失望。如今,父亲不在了,我才发现,这有多不公平。

20

从书架上随手拿出巴别尔的《骑兵军》[①],已经读过不止一遍,忽然被好奇心驱使,翻看它的目录:除了《多尔古绍夫之死》,其他短篇故事的题目无一提到死的字眼儿。而这本故事集,几乎每一页都散发着死亡的气息,每一页叙述的指向也是死亡。

医院的肿瘤病房有类似的情形。患者抑或患者的亲属,甚

---

① 作者巴别尔,犹太裔俄罗斯作家(1894—1940),该书由人民文学出版社出版,译者戴骢,2004年,北京。

至护工，大家都有意无意地回避着死的字眼儿，仿佛死亡是流弹，是可以躲开的。大家更愿意把目光移向医疗，移向医院到处可见的白床单、白门帘、白大衣、白口罩……仿佛白色可以遮挡死亡，可它们却经常是死亡的加速器。

父亲盯着自己不死的希望，嘴上不说，内心打定主意——坚决不死！

我看着父亲，看见他心里没有说出的话语，但话语不是着的，它需要说出来。

我看见了父亲心底的话，父亲一定也看见了我的。但我所有涌到嘴边的话语原道返回。

——那些等待我们说出的话，最终留在了各自的心底。今天，它们并没因为死亡因为遗忘而消逝。它们还在那里，仿佛逼着我承认，在父亲最后的生命里，假如我能敞开心扉说出它们，虽然不能阻挡父亲的死亡，但能帮助他。

曾经以为说出它们太残酷，现在发现，不说更残酷，对沉默的双方都是如此。

一个亲人到了生命的最后，另一个还要骗他！还要为这欺骗挑出善意的幌子。那些等待被说出的话语，在死亡发生后，像溃败的士兵举着双手走出战壕……它们不再能够引发误解和冲突，因此也变得毫无意义，大家都长舒口气，卸下重负。

这些话语，也许仍在此岸滞留，在被遗忘的角落，滋生着我们在别处的失败。

21

我曾经想对父亲说……

爸，你积攒一辈子的钱，正被医院飞速地拿走，你要是不愿意，我们不治了。

爸，你积攒的钱不用留给我，你自己烧了它是不是也比留给医院好些？你不是说了，他们正在骗你的钱，用你的钱加快你的死亡。

爸，要不我们出院回家？在家里的窗前安一张医院这样的床，擦亮窗户，每天上午晒太阳，每天下午看你喜欢的打仗电视剧，看电视剧里的人比你先死去，让你高兴高兴？

想到这里，我先笑了。用晒太阳这样的事无法诱惑父亲。对这些免费的东西，无论太阳还是春风和大雪，父亲从没在乎过。每个夏天，他晒成古铜色，都是因为他要跟那些老头儿辩论国家大事，甚至争吵，争吵的激烈程度和幽默的黑色程度都不亚于英国众议院。他们集体忽略的就是太阳。

爸，我们出院回家吧！

这句话带着它的昂扬，铭刻在记忆深处，拒绝被清除。因为，我没有说出口，但又不止一次想说！

22

我最后还是对父亲说出了两句话。

第一句话：还想干点儿啥？

父亲看我的眼神有些责备，仿佛在说，我都这样了，还能干啥？！

还想见什么人吗……

父亲扭头流泪了。

父亲擦干眼泪，让我拿出他随身携带多年的通讯录，声音虚弱地念出一些亲属的名字，让我通知他们。

我看着父亲，父亲看着我，我们在沉默中完成了如下对话：

你想见他们全部吗？那些因为矛盾不来往的亲戚也要见吗？

关你什么事！他们是我的亲戚，来见的是我，不是你和你妈！

23

父亲家兄弟姐妹多人，爷爷奶奶都去世后，他们仍有来往，来往中也有矛盾产生。父亲有病前十多年，他的兄弟姐妹前后都离世了，与他还有联系的都是他们的孩子，小一辈儿的。父亲似乎担当着唯一长辈的某种责任，尽管如此，他还是因为往来中的矛盾放弃了与他们的交往。具体原因我不太清楚，也许听说过，之后也忘记了。

我和母亲很少与父亲方面的亲属联系。这是父母间另外的历史"遗留"所导致：父亲婚前隐瞒了自己的孩子，母亲采取的回避很彻底也很强硬。小时候，和父母一起去看望奶奶还有和奶奶住在一起的同父异母的哥哥，在我的记忆中，这样的事情只发生过两次。奶奶独自来过我们家一次，哥哥和奶奶来过一两次。这后面所发生的一切，母亲为我遮挡了，只字不提。

我和父亲交流甚少，更不要说谈论这样的事情。小时候，父母争吵的原因我从他们吵架内容中得知一二。这是我成长环境的一个方面：我一直像个局外人和旁观者。假如母亲还活着，假如我问她为什么这样教育我，她或许没有答案；或许简短而坚定地回答我：你不用知道！

母亲唯一来往的亲属是舅舅，他们之间的关系非常牢固和稳定，即使发生争吵，之后来往照旧。在我眼里他们好像被相依为命的誓约捆绑着。童年里他们也的确共同经历过这样的境遇。

舅舅单身结婚离婚结婚晚年仍旧单身。无论怎样的生活状态，他每年都来我们家多次，他说，从长春去哪里都得经过沈阳。父亲对他的解释嗤之以鼻，对他的很多做法非常不满，但他无法禁止舅舅来我们家。我长大后对此的理解是，这是父亲对母亲的妥协。

过了不惑之年，我才明白这是父亲对母亲的宽容和爱。

现在，我也老了，为一种可以发生但没发生的可能感到深深的遗憾：母亲可以接受父亲的孩子，可以像对我一样对他，可以跟父亲的亲属来往，甚至可以斤斤计较，可以发生矛盾，但要来往。

母亲活得很酷,父亲很俗,很不超脱,但他承担了更多的责任,也承受了更多的苦涩。母亲在世俗生活中保持的那份自我和独特,就像我曾经写过的那样,活成了花朵,有父亲活成花土的功劳。

24

父亲的病房里,邻床去世了。

父亲盯着空出的病床,久久无法把目光收回来。

化疗之后的各种反应,父亲挺着,期待着病情的好转。

但病情继续恶化,期间再无好转迹象,父亲再次拔掉滴流,怒斥医院就是为了赚钱……他重新平静下来,再恢复滴流。父亲那时的滴流已经不是为了治病,而是保障呼吸,减少疼痛。父亲知道自己已经处在十分危险的状态,对护工的责骂也增加了。更换护工也没用,最后,我留在病房。

有天夜里,父亲嘶哑微弱的声音惊醒了我,他急切地向我挥手，示意我帮助他坐起来。我要从他半仰的坐姿拉起他，扶他坐直，这比我想的难。我去抱他的身体，居然没抱动，当我再试时，父亲一拳打在我头上，惊恐中，我拉住他的这只手，再用力，终于连拉带拖让父亲找到了有助呼吸的坐姿。

父亲没有松开我的手，我用另一只手摇起病床，父亲闭着眼睛，之后松开了我的手。

这时，起夜的护工回来了，我示意他没事了，他躺回自己的行军床。我坐在父亲床边，父亲再没睁眼看我。

25

记忆中，我小时候因为执意不去什么地方，父亲踢过我一脚，之后他独自离去，留下号啕大哭的我。照看我的大娘领我回去，边走边说，你爸这臭脾气估计改不了了。

经常和父亲交谈的人都是他的熟人朋友，邻居同事等，但不是我。我常常看到父亲和人聊得火热，习惯了。

漆黑的病房里，我心里只剩下父亲的这只手，握拳，或者握着我的手……这是我记住的唯一一次握手，永远无法再忘。

父亲的手冰凉，有些浮肿，但还干爽。父亲虽然没有马上松开我的手，也没有通过相握传达给我任何暗示。他握手的力气刚好不让我的手滑落，他没再用力，哪怕稍微用力。这力气他还有，通过他打在我头上的拳头，我感受过他剩余的力气。

时光一如微风，偶尔将这次握手带回我的记忆，我最先感觉到的仍是那无力的用力，如微风吹拂落叶般平淡和随意，但它建立了我和父亲更深层面的联系。我知道了，这是父亲和我，我和父亲，似乎已经足矣。

26

多年没有走动的亲戚聚拢到父亲的病床前，父亲老泪纵横。看着这情景，我心里暗自庆幸，了了父亲的心愿，也决定最后让一切圆满。

那时，母亲刚出院，在家里，由另一个护工照顾。亲属带着礼物去家里看母亲，他们管她叫舅妈时，母亲微笑着说：我也不认识你们啊。亲戚们七嘴八舌地解释安慰母亲，我目光稍微严厉地看着母亲，提醒她不要这样，尽量热情。

你安排一下，大家一起吃个饭。母亲对我说。

从饭店回来，母亲对我和护工说，她没吃饱，想再吃点东西。

我看着母亲，她也看着我，她知道我的责备是什么，但不为所动。

她让保姆把亲戚带来的礼品拿走送人，保姆看看点心盒子罐头说，这些东西病人不吃没啥坏处。

我继续看着母亲，差不多在说，都什么节骨眼儿了，能不能不再计较这些，看在父亲面上，大家和和气气的，做不到吗？！

母亲看着别处，对我说：请来了，最后你得送好。

母亲的话，当时我很不以为然。

母亲与父亲的亲戚来往很少，这与她的性格有关。母亲去世后，我仔细想过，发现母亲一个朋友也没有。在她生活中留下痕迹的人，除了她的丈夫，还有她的外孙，她唯一的女儿，她唯一的同胞弟弟。当她的弟弟与她的丈夫发生矛盾时，她不做评判，但坚定地让丈夫知道：她永远不可能与弟弟不来往。

父亲显然是妥协了，每次生气摔门离开的小舅子，过两三个月，又来了。

面对父亲的亲戚，母亲却不妥协，他们几乎从不出现在我们家。奶奶在世时，有一次来我们家，穿鞋盘腿儿坐在床单上，我放学回来看见她时,她已经提完了要求,父母正在厨房低声吵架。

我奶奶脸上有深深的皱纹,像罗中立画的父亲。她在脑后的发髻勒得很紧,像一块石头。裤脚同样缠得很紧,仿佛要一口气走完人生路。

她看着我深深叹口气,她是我奶奶,但我不认识她。我曾经写文章回忆过邻居张奶奶,张奶奶不是我的血亲,但她在我的记忆中代替了奶奶。

血缘是纽带,但无法连接全部亲人!

27

亲戚给病床上的父亲带来了安慰。

他让他们买CD,放点儿悲伤的音乐。他们给父亲戴上耳机,父亲听着听着眼泪就下来了,他们安慰他:……别乱想,想啥啊,想多没用,想吃啥,我给你买去……

听着每天重复的这些空泛甚至空洞的话语,我脑海几乎一片空白,但心里清楚:这是父亲能收到的安慰,可惜我无法给予,也做不到。现在有人这样做，一切都正好吧。

如今还能感到几分庆幸：我没有像强迫母亲那样对待父亲，没有希望他如何如何进而说教等。我承认，当时对父亲的感情没到这个份上。父亲爱怎样就怎样，那是他自己的事情，是我们共同生活之外的事情，他与亲戚之间的联结或纠结，我都未干预……无论基于何种理由，出于何种心态，临终前的父亲真实地演绎了他所经历的一切！没有假装，也没有升华，一辈子里他所在乎的，计较的，都持续到了生命最后的时刻。

父亲对生活相当不满，但却眷恋活着；他喜欢交往，但无法包容交往中他不喜欢的一切。尽管这样，面对死亡，父亲将抵抗的姿态保持到了最后一刻。

父亲经历了那么多劳苦，却从未对活着感到疲倦。

父亲去世了，母亲也即将去世……我经常坐在某处，无论电话响还是门铃响，无论什么人跟我说话，我都不做任何反应，好像我与世间的联系，已经失效。我的心还在跳动，人却在某种假死的状态里。

这种状态结束后，我才意识到，活着，真的好累啊。

父亲的丧事办完之后，亲戚要离开之际，我想到母亲说过的话，要送好。我可以坦诚告知，父亲三个月的治疗包括丧事，花光了他一辈子的积蓄。他没有什么遗产可以留给你们。但冥冥中我做出的决定是，佯装父亲有遗愿，给他们每人两三千元钱，稍有差异，为了显示真实性。

亲戚高兴地离开了，却像他们从未来过。

28

那是大雪过后的一个晴朗之日，阳光遍洒病房，那种朗透的明媚甚至带给我已到天堂的幻觉。

母亲的轮椅推进病房时，父亲吸着氧气，靠坐在摇起的床上，依然挂着点滴。

你来干什么！

父亲说完，扭脸哭了。

母亲坐在轮椅上，一只手放在父亲的被角上，另一只手握着手绢擦泪。

你回去吧。

父亲努力平静自己。

我挺好,你回去吧。

父亲再说,语气坚决。

母亲说,我再待一会儿。

他们又都哭了。

你回去吧。父亲再说。语气不那么坚定。

我再待会儿。

……

这是我从关于母亲的文章中引用过来的。

如今,我对此却有了另外的体会。时间刷新的到底是什么?

消逝的时间像散去的薄雾,一年又一年,一层又一层,不知不觉便接近了遥远尽头的某个真相。

我看着他们的诀别,即使泪眼模糊,留下的仍旧是一份全息的记忆。我在书写关于父亲时,脑海里立刻浮满了这个场景中父亲的样子。这之前,这部分记忆在沉睡。

父亲一次又一次扭头对着病房并不干净的白墙,他不想让母亲看见他的泪水。他不能像母亲那样把脸埋进手绢和被角,他的一只手扎着点滴,另一只手肿胀得无法屈伸……

但父亲也一次再一次扭回头,再望向母亲——这个与他共同生活了半个多世纪的老伴儿。

你回去吧！你回去吧！

看着父亲的绝望，我第一次真切地感到，父亲如此爱母亲。他的心里也许在说，你这个不顺从也不随和的女人！我这一辈子一直都在爱你，你不明白吗……

父亲要是能这样喊出来，留在人间的回声我今天仍能听到。

29

你回去吧！我挺好！

流着泪的父亲还是让我感到了某种可以用气概形容的风度。那也许是工人阶级特有的风范。我想起多年前偶遇一些退休工人，他们聚集在运动场上你一句我一句抱怨他们可怜的退休金。当年，他们都是军工企业的主力军，退休后的牢骚仿佛把他们变成了一群可笑的老头儿。

最后，我提议给这些老工人拍照。他们都从树下站起来，整理自己的衣帽，依次站到运动场的白墙前，看着镜头拍照。拍到第三张，泪水模糊了我的双眼。这些坐在树下发牢骚的老工人，在白墙前挺直了腰杆儿，从容地看着镜头，头微仰起，坦荡而磊落，立刻便有了那种气概——顶天立地！

那一刻里，我领略了工人阶级的气概！我为自己是他们的后代感到莫名的骄傲。

父亲最后面对死亡的挣扎，曾经让我非常难过！我不希望他做无谓的抵抗，私下希望他勇敢些。死亡咄咄逼近，一点一点地剥夺父亲的气力，无论精神还是肉体，父亲都已羸弱不堪，但他仍然不甘赴死。

我用了这么久才明白，不是父亲不愿赴死，是他活着时，生欠他一个答案。为了活明白，有时，一辈子不够。

30

写关于母亲的文字时，我曾经问过自己，为什么要促成父母最后见上一面。今天，我仍没有答案。我分别征求他们的意见时，他们都说不见。他们是那样的一代人，几乎无法直接表达情感。他们一辈子也许只说过一次——我爱你，有些甚至从没说过。他们攒下的我爱你都留给了后代,够他们的孙子外孙外孙女孙女一天说几次,天天说月月说。

父亲去世后,母亲去世前,我曾经跟她谈起过父亲。

你爸这辈子没过过什么好日子!

这句话母亲重复说过,口气稍有变化,但我无法从她语气的变化中捕捉到什么含义。母亲到底想用这句话表达对父亲怎样的感情,我无法判断。同情她的丈夫还是认为他这么活是错的?他本可以过上好日子?但被他自己搞砸了……

最后,我有些急了,我居然那么渴望听母亲说一句,她对父亲的情感表达,直接的不是顾左右而言他的!

那有啥好说的!

我甚至出现过幻听,认定母亲在心里是这样念叨的:

你爸和我这辈子磕磕绊绊,算不上和睦,但也过了一辈子。我还是挺舍不得你爸的,我还是挺想念他的……

……

父亲和母亲是一样的,在他们最后诀别时,他反复说的也是一句话:你回去吧,我挺好的!

……

父亲也从没对我说过,他爱我,尽管他为我做了那么多。

母亲也从没对我说过,她爱我,尽管她为我付出了几乎一切。

我也没有对他们说,我爱你们,爸爸,妈妈,谢谢你们养育了我。

我也不会对我的孩子说,我爱他。

这一切到底是怎样造成的?!

难道只有我们家是这样?!

31

我羡慕那些可以跟父母勾肩搭背边走边说笑的人,羡慕那些可以跟父母手挽手散步的人。那样的感觉一定很好。

我与父亲不亲近,也许还有另外一个原因:童年里我还有另外一个"父亲"。

从满月到上小学,我由一个我叫"大娘"的人照顾,白天送去晚上接回家。父母每月付给她15元钱,六十年代,这是一笔不小的数目。

2005年,因为连续婚姻失败,我在德国看心理医生,这个不让我去幼儿园的特殊照顾,最后的落点是"变相抛弃"。一个小孩儿,晚上被接回家,很快就睡觉了,几乎没有跟父母相处的可能。那时候,父亲经常不在家,包括休息日。母亲年轻时,很少说话,对我也是一样。我不是母亲的第一个孩子,她失去了别的孩子,并没使她与我更亲近。有时我想,母亲经历的苦难裹住了她,使她失去了一般母亲的柔和……但她却是宁静的,从年轻到年老。

有类似童年经历的人,成长过程中必须面对的是——孤独。

我的孤独,从孩提起一点一点垒成了一个封闭的碉堡,我独自在里面玩耍。

照顾我的那个老妇人没有孩子,她丈夫是木匠。他一开始不喜欢哭闹的小孩子,后来成了我童年里最好的朋友。他影响了我,影响了我的一生。

他也是一个孤独的人。

他每天上下班,几乎从不跟邻居说话。每天晚上,他喝二两白酒,看一段《史记》;周日休息,他给人做家具……唯一跟着他的人是我。我很喜欢跟他一起做木匠活儿。他特意给我做了一个小刨子和一个小案子。干活时,他不跟我说话,也不听广播,完全沉浸在木头里……我居然能跟他一样,在刨花堆旁,跟木头相安。

白天他上班时，我和他一样，几乎不怎么跟他老伴儿说话，一个人闷头玩玩具。我有全套的大夫护士玩具，听诊器注射器之类的；有整套的厨具，有积木，有娃娃等等。因为我小时候很胖，不灵活，别的孩子不喜欢跟我一起玩儿，下雨天他们才来找我，玩我的玩具。上学后，看书逐渐代替了玩具。家里书少，我一个人去图书馆借，父母吵架之类的事情，我都成功地躲避了。

　　就这样，我成了一个安静的人，一个能一个人待着的人，能一个人待很久的人。代价是，我只有我的堡垒，无法真正地走近他人。即使通过心理咨询，我明白了其中的缘由，仍然无法改变我的生活。

　　父母还健康的时候，我无法跟他们说这些。他们为我提供了他们认为是最好的童年生活，我不能享受了它的好处，再去清算它的坏处。这么决定后，觉得这是我对父母的一份理解和爱。

　　最后，我的堡垒也把父母隔在了外面。

32

　　我的父母也是孤独的。

母亲的孤独，是一种自然。她在其中既不无助也不痛苦，像树木和草丛。

父亲的孤独，是不情愿的，因此哀怨，越是哀怨越无助，越无助越哀怨……以至于父亲无法安静地告别这一辈子。

他们孤独的土壤，滋长了我的孤独。促使我更进一步认识孤独，就像忽然去研究已经习惯的空气。于是，空气不再是空气。

有人说，孤独是可耻的。我感到羞耻的是，我忘了照看父亲的孤独。

他每天去公园去院子里，跟那些老头儿议论国事家事，甚至争吵，回家经常听到他对他们的抱怨。父亲认为他们啥也不懂，给我的感觉是，他对此很不满意，但还去，几乎每天都去。我从未认真想过，为什么！

那时，我和父母同住一个城市。我们每周见面两三次，多是出去吃饭。每当我去接他们，父亲看见我总是毫不犹豫地离开那些老头儿，一刻也不耽误。吃饭回来，父亲看见还在院子里的老头儿，要么交谈要么打牌，他也总是径直回家。有时，母亲出去做什么，他便一个人在家看电视。我做完我的事，离开跟他打招呼，他也总是平静地摆摆手。

……这是那时我和父亲交往的常态，回想中却让我哽咽。

父亲见到我，哪怕几个小时，他就不需要回到老头儿那里去。

父亲在孤独中踩水，那些他不满意也不能互相理解的老人，变成他的抓手，不顺手但可以让他稍事歇息。

我是他认可的抓手，但稍纵即逝。

我给他们买了离我很近的房子，设想这样可以天天一起吃饭，但母亲反对搬家，父亲拗不过母亲。这个事实是我的抓手，在父母最后的时光里，我从未有过真正的不安。

我该做的都做了，能做的继续做着，每周领父母出去吃饭一次两次后来甚至三次，可以了。我自己因此拒绝所有饭局，如此频繁出去吃饭，其实已经变成我的负担。

假如我和父亲说说这些，也和母亲说说我们的孤独，说不定会有意料之外的惊喜。我要是跟父亲说说尼采对孤独对活着的看法，父亲说不定会找他的书来读。父亲经常仔细看药品的说明书，他曾经问过我，什么是氯化物，氯有毒，氯化物怎么变成了对人体有好处的东西了呢？

但这些都被我所受过的所谓的教育扼杀了。我的自以为是让我忽视了父亲的才智，忽略了母亲的智慧。

33

真的遗憾，孤独中的父亲，从来没发现过孤独的另一面，从没享受过孤独。面对孤独，他历来都是忍受。

爸爸，孤独的味道有时也很鲜美。

你一个人走在大街上，可以回家，还可以不回家，可能被夜里的危险伤害，却正在被星光普照……爸爸，为什么你没想到，享受你拥有的，忽略你渴望但尚未得到的。我不在你的身边，你可以这么想啊，太好了，我还懒得听你说的那些废话呢。爸爸，你可以对我的成就嗤之以鼻，你可以翻看一下报纸，随手找到一个比我更有名，比我更优秀的作家，覆盖我。

爸爸，你真傻啊，你用我覆盖了你的世界。

34

尼采这样说起他的父亲：他父亲谢世不过36岁，他父亲讨人喜欢，体弱多病，注定成为这个世界的匆匆过客。他说，与其说他父亲短暂的生命是生命，不如说那是对生命友善的提示罢了。

尼采也是在 36 岁的那一年，跌落到他的人生低谷，开始了他人生最灰暗的时光，尽管如此，他"依然活着"。

活着，才有真正的可能。

父亲活了八十多年，我们仍然擦肩而过。

我面对父亲，甚至面对父母，很早就带着先入为主的武断：我懂的，父亲不懂；我懂的，母亲不懂。因此，我不和他们谈论我感兴趣的一切。这时，假如再次轻轻掠过我的鼻尖，假如我和他们谈论，说不定其乐无穷。

也许，惭愧比孤独更可耻。

惭愧，是我面对过去的一个缓释剂。意识到自己的惭愧时，其实已经放过自己了。

不放过自己又能怎样呢？我在心里如此问自己时，再次感到惭愧。

好在我仍有想象，在某个平行的时空里，父亲未能展开的生命，可以轻轻落到我的肩上。

35

父亲不是一个和蔼的老头儿。我从没和他好好聊聊天儿；我从没挽过他的胳膊；我从没单独跟他看过电影；我从没真正理解过他；他与母亲舅舅或其他人的矛盾中，我从未关心过父亲的看法；他经常对外孙讲述的往事，我都是从他人那里听到的。我从未问过父亲，难道我真的不想知道？

相比爱人，与父母的联系是血液和灵魂。他们相继去世后，我才知道，我们之间曾有过的一切完好地留在这里。已经走上彼岸的父母或许已经忘却他们的前生前世，但我不能。在这一世中，我将与他们的遗留共存。

我从未怀疑过父母的爱，自己也爱过他们。我可以为他们买他们需要的一切，为他们做他们希望的一切，但我不能拥抱他们，拉手也只发生在他们生病以后，需要帮助的瞬间。

这奇怪而隐秘的爱再也无法覆盖我们今世的事实：在他们活着时，我们彼此无法走近！我们的爱，距离彼此那么近又那么远；我们对彼此的爱，从未由心底升起，穿过喉咙，变成一句话，在这个世界上的某处，被对方听见。

现在，我们相隔浩茫的人生两岸。这生死也无法改变的距离，将这变成遗憾，永存。

36

说一句，妈妈，我爱你……
说一句，爸爸，我爱你……
说一句，女儿，我爱你……
说一句，儿子，我爱你……
对这个世界上的某些人来说，原来这么难！这难得坚硬，死亡都无法打破。

37

有一天，一个不是很熟悉的朋友，忽然问我：你喜欢你爸爸吗?
我喜欢我爸爸吗?
我不知道。

这是最诚实的答案。

那天，阳光和煦，我和这位朋友经过一个小公园。公园里宁静、美好，一个刚会走路的男孩儿跟在爸爸后面，一边追赶，一边喊，爸爸，爸爸，爸爸……估计这个朋友见景生情，想到了自己的父亲，但不愿继续想，问起我与我的父亲。

你喜欢你爸爸吗？

随着时光流逝，这个问题被编织到我的目光里，被融化到我的听力中，我开始看到、听到，很多人很多人，谈论自己的爸爸。

我喜欢我爸爸，我爸爸总给我往学校送饭……

我喜欢我爸爸，他总陪我踢球……

我喜欢我爸爸，他教我做轮船模型……

我喜欢我爸爸，他总给我讲笑话，还帮我妈妈干活……

我喜欢我爸爸，因为他长得好帅……

我不喜欢我爸爸，他总打我妈妈……

我不喜欢我爸爸，他总喝酒还骂人……

我不知道，我喜不喜欢我爸爸，我小的时候，几乎看不见他……

我不知道，因为我不了解我爸爸……他跟别的女人走了……

我应该喜欢我爸爸，因为他死了，在我出生前就死了……

所有这些关于爸爸的话语，都能扎疼我。

……

十多天没下雨了，草皮都枯死了。我去后院倒垃圾，回转时看见枯黄的草地上，盛开着矢车菊、三色堇和金黄的菊花，花朵下面深绿的叶子已经有了枯萎的端倪，但花在盛开！

我心里感到某种悲壮，从阳台上看出去，花园里的草坪也都变成了干草，但大树都还绿着，挺拔的样子像她小时候仰头看见的爸爸。

38

我喜欢我的爸爸吗？

我喜欢他的善良，但我不喜欢他吹牛；我喜欢他的实干，但我不喜欢他的情绪；我喜欢他的幽默，但我不喜欢他的吝啬……

他活在我生活的外面，外面很远的地方……他从未表扬过我，虽然他心里为我骄傲；他从来没给我买过任何礼物，但他很好地抚养了我，让我衣食无忧地长大成人。

在我很小的时候，他一定抱过我，但我没有记忆了……父亲去世后，唯一留在我记忆中的，是他冰凉的手在我的手里……

父亲母亲都去世了，我常想起母亲，想起母亲的时候，经常泪流不止。但我很少想起父亲，想起时，也总是伴随一声慨叹，便转了念头……对父亲的思念，像一片浮云，从不久留，转瞬即逝。

——直到写下这些文字！感激油然而生：时间助我，老天助我，让我看到了之前忽略的与父亲有关的一切。

……

一个黄昏，我从外面回到家里，不是十分疲惫，不是十分兴奋，心情像一个安静的阴天，仿佛花在花瓶里盛开着，还没到衰败的时辰；仿佛候鸟还栖息在树上，还没到启程的季节；仿佛夜晚像一本摊开的书，等待安静的阅读……

我在厨房，拿起一个苹果，削皮，忽然抬头看了一眼，架子上父亲的照片：他从花镜的上边儿，看着我，面带微笑，好像在问我，吃饭了吗？不吃饭就吃水果……他穿着灰色的毛衣，外面是黑色的棉坎肩，头发花白，褐色的花镜卡在鼻梁上……

……忽然，眼泪模糊了我的双眼……第一次那么真切地感到了爸爸的存在，感到了爸爸的亲切，感到了爸爸的爱，感到了对爸爸的爱……好像刚刚有了爸爸。

这是多么幸福的感觉啊！

故友,已经无处不在

1

那是一个宁静的夜晚，细雨隔绝了外面的声音，家里静得过分，我打开手机，连上音响，翻到一首老歌——《丹尼男孩》。

男孩儿青涩的歌声随着音乐萦绕，爱尔兰碧绿的山谷浮现在眼前……

丹尼男孩，丹尼男孩
笛声在呼唤
从山谷传到山峦
夏天过去了，所有的玫瑰都已经凋零

这时我看到只有一个人给这首歌点赞，这个人我认识，她是一个老朋友，一个月前刚去世。

《丹尼男孩》的歌声在循环播放，我翻看通讯录：不止一个朋友故去，我拿起红笔，在通讯录上画了一道道红线。

红线那边的朋友，你们在哪儿呢？
一切都好吗？

2

朋友，人说你死了，你真的死了么？
你的一切都活在我的记忆里，凭什么用死定义你呢？

你会不会仅仅是离开了此地，去了彼地，去了一个我们去不了的地方。从你那里看过来，又会怎么说我们？
你们会不会已经重生？会不会进入生命的另一种状态？回头看过来，怎么看我们的活着？
对你来说，我是怎样的？我活着？还是我活得像死去一样？

嗨，朋友，从你那里望过来，你怎么说？你要说什么？

清明刚过，迎春花开得愈加张狂，仿佛将累生累世的灿烂凝成了绚烂的金黄，质疑着我对活着的质疑。

我低下头，离开了怒放的迎春花。与它相比，我是低等生命，无法对峙，算它赢了吧。只能这样。

3

累，将我拖下去了。

我累得不行，忽然觉得一切都将停止在我站立的那个地方，因为太累了。这时，我看见了你，站在前面的路口，微笑地看着我，仿佛在等我走近。

你的样子还是那么帅气，茂密的短发耸立着，霜染鬓角，隐约的皱纹衬着隐约的笑意。你朝街灯下昏黄的空气拍了一下，赶走了什么，苍蝇、蚊子或者是某种错觉。那就是你的动作，比你活着的时候还逼真，更放松也更潇洒。

你的一个驱赶动作，将我带到了你的跟前。

是你死了？还是我死了？我问。
你笑了，笑得好像拿我的幽默无可奈何。
你好像在说，都行。谁死，谁活，都行。
我累了，走不动了。
你继续微笑，你说，不急。

忽然我明白了：活着是向前。向前需要力量。
于是，你消失了。
我站在夜晚寂寥的街上，又有了力气，可以继续向前。

活着的虚弱无形中和你曾经的活力打了个照面。但你死了，怎么还能让我感到鲜活的生命力。

难道生死不是生命力的比拼？难道生死定义属于活人的特权？谁活着，谁来定何为生，何为死？

仅仅因为我还有呼吸？

4

我在网上找到一家在高处的咖啡馆,很贵也很华丽,落地窗外是一片大露台。在那里能看见一片远山。

我对服务员说,这里很贵,因为坐落在天堂上。

他对我微笑,又是拿我的幽默没办法。他说,不在天堂上,是在天台上。

我说,反正都不便宜。我准备在这里待很久,你可以收我五杯咖啡钱,但我只喝一杯。

他说,那不用。你要在这里干什么,为什么要待那么久?等人吗?

我说,我要在这里扫墓。

他说,你要在这里扫墓?

我说,是网上扫二维码的那种扫墓。

他说,现在可以网上扫墓了?

5

是的,网上可以扫墓了。网上可以做一切了。

但很多欧洲的古城仍拥有某种永生的姿态。

穿过它的大街小巷，踩着几百年的石头路，悄无声息地走过，感觉自己刚刚从这里流逝了一样。

持久的存在，都在静默。人的喧嚣，说的也许是对静默存在的嫉妒？毕竟我们比古城古树都短命。

夏多布里昂的坟墓，在古城圣马洛对面的大贝岛上。它们相隔几百米，中间川流而过的是大西洋。

圣马洛是夏多布里昂的出生地，是他的家乡。他的坟墓望着他的家乡，这遥遥相望耐人寻味。

故去的夏多布里昂乘坐他的死亡，回到了出生的原点，回到了他的家乡。他似乎更像是回家，归根，从此安顿下来，再不离开……

看着家乡，看着曾经的自己，看着海浪，像是在对家乡脱帽致意……我怎么能相信这个夏多布里昂死了？！

到底怎样才是死了？

他厚厚的《墓畔回忆录》在我的书架上，我读时留下的折页保留着。他描写的那条被同伴鲜血染红的河流，还在眼前流淌……

这些活着又是什么,需要一个新的定义吗?

6

她年轻时非常漂亮,她的文字曾让年轻的我痴迷。

比如她写过这样的意境:我已经上了年纪,有一天在一个地方,一个男人朝我走来,他介绍了自己,然后对我说,他认识我。他说,大家都说我年轻时很漂亮,但他更喜欢我现在被摧残的容颜……

这就是杜拉斯。她的意境能将少女和老妇的情怀串起来。

我现在很少想起她,不是因为她逝去了,是她用文字展示的生命,对我而言,消逝了。

2014年,杜拉斯百岁诞辰,她的最后一个情人,扬·安德烈去世了,享年61岁。杜拉斯享年82岁。

她最后的随手记,留下这样几句话:

这是尽头。结束了。这是死亡。太可怕了。死亡让我感到厌烦。

我感到一种空虚袭来：死亡。真让人害怕。

眼睛失去了光泽。

我很害怕。

我没去蒙帕纳斯公墓，参观杜拉斯和扬·安德烈的墓碑。听说，这个扬最后被合葬到杜拉斯的墓穴里，名字刻在杜拉斯的下面。不知道这是谁的主张，给人感觉是扬死了也逃不开杜拉斯的掌心。

27岁的扬和66岁的杜拉斯共同生活的十六年中，他们似乎并没从对方身上得到各自的所需。杜拉斯给扬改了名字，他变成了她的人物。她不能从自己的人物身上得到性爱和满足。

而她的人物要变成作者，在第一作者还活着时，他无法变成作者。

杜拉斯去世后，扬写了四本书，我看过其中一本，内容就是我是杜拉斯的情人。听说，杜拉斯身后留下上亿遗产，据说，扬什么都没得到。

死亡,将他们活着时的遗憾和欠缺变成了墓志铭。

杜拉斯的皱纹更是她一生缺憾的墓碑。它们太深了……

7

谁能确定,死是一个完结?

生死交映。

此岸,彼岸,也许并没隔着界河,并不是生死的分界,仅仅是一个挂在我们嘴边的说辞?

8

于是,也有另外的瞬间,它们似乎没有真的发生过,但在感觉的世界里,横亘在生死之上。

有一个春天,同以往的春天一样,过去了,但那个春天里发生的那件事,准确说是我听说那件事时的反应,仍在我的记忆深处。

一个朋友打电话告诉我，瑞典女作家林格伦去世了。

我找出了她的书，《长袜子皮皮》《强盗的女儿》《淘气包埃米尔》《小飞人卡尔松》《大侦探小卡莱》等等，最后眼前出现的是这些孩子，这些孩子说过的话，他们的恶作剧……最后，我看见林格伦的微笑，一切都如此亲近，如此温馨，我嘴角由此而来的微笑，真实不虚。

这亲近何时建立了，不得而知，但它不受生死的影响。

> 感觉我正在回到马萨诸塞
> 有什么在催促我回到故乡
> 马萨诸塞的灯光都熄灭了
> 我留下她孤零一人……

这是我无数次听过的歌——《马萨诸塞》，每次听都会停下手边正在做的事情，直到歌声结束。

它变成了我的歌，虽然我从未去过马萨诸塞那个地方。

有一天，我听到毛瑞斯·吉比去世的消息，我流泪了。他仅仅是这首歌的演唱者，但在我无数次聆听中，他变成了这首歌的一部分。

《马萨诸塞》和毛瑞斯·吉比在我心里的什么地方,一直活着,循环播放着。

这是死亡无法割裂的。

9

于是,还有被创造的瞬间。
它们被赋予了生命,由它的创造者和接受者。

受骗的情夫将情妇堵在屋子里,手里拿着枪。他已经失去了一切,他要复仇。
他的情妇近在咫尺,他几乎能听见她的喘息。
但他是盲人……

一个四五岁的孩子,沉静地看着向他问路的人。
问路的人坐在汽车上,他们要找一条近路,天黑前到达目的地。

孩子指给他们一座桥。他知道过桥就是近路,但他不知道什么叫年久失修。

他看着汽车开上了桥,看着汽车和桥都掉进了河里……

他引着风筝在开阔的高处向后迅跑,他的小弟弟在他的后面大声叫:哥,哥,哥,别跑了,后面什么都没有了……

这是一幢楼的屋顶。哥哥继续后退,激动地看着风筝随风飘起。

哥哥坠入了"没有"之中,手里拉着那只风筝。

第二天老师说,他死了,他不能来上学了。

死,是一个事实。就像活着是另一个事实。

这两个事实都需要定语,但不是真实或者虚拟这样的定语。

真实是什么,一如虚拟又是什么?

仅凭我的呼吸,我可以理直气壮地定义真实与否?

有位诗人说,我们还有时间走进幻象,更改幻象。

寓所和坟墓,又有怎样的差别?

10

我们坐在挂满油画的空房间里,聊着。其实为安眠而来的夜已经深了。那是九月,夜空下悠远的无字歌和偶尔插入的阵阵狗吠,是拉萨留给我的最初印象。是后来,才有那遍地的金黄,墓地外满目的落叶簇拥着我,还有别的人。

回到几十年前的文字那里,感觉正在经历的是幻象么?

那位每天分别时,不道再见,不道晚安而说永别的朋友早已逝去,消融到落叶的金黄中。

她死了,她乘坐的车翻到了江里。

她死时三十多岁,光滑的肌肤,轻盈的身影,长长的脖颈上,总围着一条飘逸的白纱巾。她笑声爽朗,性格坦率。她看大海时,激动得像一个小女生。她结婚离婚,有一个女儿,去世前,她决定复婚,回到丈夫和女儿身边。

很多年我一直替她惋惜,好像夭折夺走了她本该拥有的生活。现在这惋惜像时光的灰尘,随风飘散。我重新想到她时,又有三十年的光阴穿梭而过。时间总在告诉我新的事情。我听不见是另一回事。现在我听见了。

你不再和我拥有共同的东西,可你是我的朋友,你死了,我还活着,事实看上去非常简单……你看,我的朋友,这就是友情。是一个死去的人留给活着的人的另一种生命。

我仍站在时间中,你走出了时间。时间一点一点改变着我还有我身处的世界,面对你的青春盎然,我正无奈地衰老。面对你那时的笃信和坦荡,我在经历失望和背叛,最后被怀疑握在掌心。我现在更相信一个死人和一个活人的友谊,你惊诧吗?我只相信抽象的爱情,你还会反驳我吗?

人只有活一次的幸运,可以活得平平凡凡,但不可以不像个样子。

这曾经的话语,与很多人有过共鸣。现在,我再也不想这样对你说。

是的,你死了,我的朋友。而我正在死去,每年,每月,每日,每分,每秒……样子像融化的小冰山,消融着,曾经的样子消融着……死的现在进行时不会像样子。像样子,我们需要去别处探讨，那里不再拿生死说事儿。

朋友，故去的朋友，你们在山上，在海中，在星辰的后面，在阳光的灿灿中，无论你们在哪里，曾经的一切和未来的一切混沌如初，不是吗？

11

小时候玩过丢手绢的游戏。有人把手绢丢在你的身后，但不告诉你。

大家都很紧张，不知道手绢到底在谁的身后。

现在，这个游戏仍在继续，看不见的只不过不再是手绢。

朋友，故去的朋友，无处不在的朋友，我们要转头看看身后吗？

不用。

不如忘记身前身后，忘记目光所至，于是有了畅通，那里可以随遇而安，可以随风摇曳，可以尽情沉浸，可以入幻象真空，即使什么都不做，也好。

跋

有人说，人的高级之处在于，他们知道自己会死。言外之意，狮子老虎大象不知道呗。

鲍德里亚①说，生命太长了，长到给了我们错觉，以为死亡真是可以无限期推迟的。

如此看来，真有点儿羡慕悠闲的大象，有点儿草就可以从容了，晃晃悠悠地仿佛根本没拿活着当什么大事儿。

人，知道自己要死，但活出了一副坚决不死的态度。我在公交车上看到气喘吁吁的老人，没人让座时，紧抓立柱，稳稳站定，不死的信念在他们的脸上！仿佛他们已经身处与死的对峙中久矣，不死的信念愈久弥坚——坚决不死。

活着有一个方向，就是走向出口。每个出口都有死亡守着，

---

① 让·鲍德里亚（Jean Baudrillard, 1928—2007），法国哲学家、后现代理论家，代表作品《消费社会》《冷记忆》等。

这么想，活着便没什么大事，不过是一些丝缕琐事……朝着这个方向思考，似乎什么都能想开了。像诗人石川啄木①说的那样，心痛的时候，把死当成平常吃的药。其实，这药不好使，人不怕吓唬。就像另一个人说的那样：

有生必有死，此语早已闻。
命尽今明日，叫人吃一惊。②

当我把目光从遥望出口转回活着的沿途风景，感觉才变得正常些。死，似乎不是独立存在的，它只是生的衍生物，是活出来的。向死而生，要是作为平常吃的药，估计更有疗效。

写完这本书，发现对生的误解比死亡更坚硬。那么多爱与亲情，非等到一方离世，才能领受。一如那么多荒谬和启示，不到垂死，便无法入眼。

最后像作家毛姆③说的那样：生命的尽头，就像黄昏时分读

---

① 石川啄木(1886—1912)，日本歌人、诗人、评论家。原名石川一，石川啄木是他的笔名，并以此名传世。
② 选自《伊势物语》第一百二十五话。丰子恺译本。
③ 威廉·萨默塞特·毛姆（William Somerset Maugham，1874—1965），英国小说家、剧作家。代表作《刀锋》等。

书，读啊读，没有察觉到光线渐暗；直到他停下来休息，才猛然发现白天已经过去，再低头看书已经什么都看不清了，书页不再有意义。

这可能就是猛然与死亡打照面时的感觉吧？难免被惊一下，难免慌乱，这时不妨转身，把目光投向曾经逗留的人间。

人间值得与否，答案就是一生。

这是亲人故去后我逐渐获得的醒悟。

对于一个人的回忆，如果没有好的、美的、坏的、丑的，根本不值得单独一说。

附录

这是一个很美丽的故事，它像一块光滑的石头，把它放在故事的出口那里吧。

在麦子上。

很久以前的一个中午，一战的硝烟还未散尽，在德国威斯特法伦地区的燕麦田里，小姑娘安娜的金发在秋天的麦苗上飘飞。她一边跑一边喊，姥爷，姥爷，吃饭了。

太阳照耀着安娜的金发和秋天的麦田。

姥爷古斯塔夫站在田间的垄沟旁擦汗，另一只手拄着大镰刀，身后是他刚刚割倒的麦穗。麦穗还在呼吸，柔软地起伏着。古斯塔夫抬头看一眼又圆又大的太阳，有些头晕。水壶里的水喝完了，他听见了安娜的喊声，却坐在了麦穗上。

他不是安娜的亲姥爷，安娜的亲姥爷亚历山大去打仗，死在了法国。安娜更喜欢第二个姥爷古斯塔夫，他什么农活都会做，从不大声叫喊，他总把好吃的东西留给安娜，微笑地听安娜说话，不管她说的是什么。

姥爷，姥爷，吃饭了。

好的，好的，我的小宝贝儿，姥爷累了，先坐这儿歇一歇。

安娜坐在姥爷旁边，姥爷搂着安娜的小肩膀，一起看葱郁的远山，看比远山更远处的浮云，围坐在太阳旁边。

姥爷，亚历山大姥爷是埋在那个山上吗？

是的，安娜，可惜，埋在那里的只是他的帽子。

他的身体呢？

他的身体被大炮送上了天堂。

浅灰色的云朵向西游走，像是听完了太阳的故事，要避开它的炎热。后来的一朵云遮住了太阳，远山的绿色随着黯淡下来。农家的炊烟穿过麦田传到鼻子里……安娜肚子更饿了。

姥爷，姥爷，我们回家吃饭吧。

好的，宝贝儿，我们躺下休息一小会儿，就回家，好不好？

好的，姥爷，我们躺下休息一小会儿。

他们倒在麦穗上……

姥爷古斯塔夫侧着身子，搂着胸前的小安娜，很快睡着了。

一根细细的麦苗触到了安娜的鼻子，她打了一个喷嚏，姥爷笑着醒过来，拍拍安娜，又睡了。

安娜看着刚刚割过的麦茬儿，一模一样的茬口，变成无数个小管子，放出黑土地的潮湿热气……在土地好闻的味道里，安娜也睡着了。

所有的云都走远了，太阳更加火热，晒得安娜小鼻尖沁出一层细汗。她的红嘴唇噘着，眉头微敛，被汗水浸湿的金发盖住了她的耳朵……这时，一朵更大更重的云，正朝这里飘过来……

安娜是在妈妈的怀抱里醒过来的。她用手抹抹脸上的汗水，肚子饿极了。

妈妈，我饿了。

好的，好的，妈妈知道你饿了。

安娜看见姥爷古斯塔夫还睡在麦穗上，跑过去要推醒姥爷。

姥爷，姥爷，吃饭了。

妈妈把安娜拉过来，搂在怀里。妈妈对安娜说，让姥爷继续睡吧。

安娜的妈妈、爸爸拉着安娜，穿过还没收割完的燕麦田，朝家走去……

姥爷为什么不跟我们回来?

姥爷死了。

安娜站住,看见妈妈在哭,她便一个人跑回家了。她一边跑一边想亚历山大姥爷的帽子,想那个山坡,想麦穗上睡觉的古斯塔夫姥爷……跑着,想着,安娜更饿了。

午饭已经凉了,姥姥还在等着……

安娜不知道该说什么,扑进姥姥的怀里,哭了好久,越哭越饿。

古斯塔夫姥爷戴着帽子被埋到绿山坡上的那天,安娜没有哭。她看着人们把装着古斯塔夫姥爷的棺材沉到坑里,再把他埋上。安娜看着他们埋好了姥爷,在他的坟墓上种了鲜花。

安娜的后背仍是暖融融的,姥爷还在那里搂着她呢。

森林里来的风仿佛在耳边轻轻地说了什么,安娜笑了,她想,有两个古斯塔夫姥爷,一个在坟墓里,一个就在她身后!

美丽的小安娜自己变成姥姥时,还在对她的外孙女讲这个故事。她说,每个孩子都有很多个姥爷,只有一个在坟墓里。